Lisas Pfad ins Licht

Eine Geschichte über das Finden

der Inneren Wahrheit.

von

Evelyn Wurster

Lisas Pfad ins Licht

Bibliografische Information der Deutschen Nationalbibliothek:
Die Deutsche Nationalbibliothek verzeichnet diese Publikation
in der Deutschen Nationalbibliografie; detailliierte bibliografische Daten sind im Internet unter http://dnb.dnb.de abrufbar

3. Auflage

Herstellung und Verlag:

BoD – Books on Demand, Norderstedt

ISBN: 978-3-7392-2983-6

Inhalt

Vorwort

Als Kind wusste ich, dass ich helfen würde, die Welt schöner zu machen. Meine Familie sah den kleinen Sonnenschein in mir, der, wo auch immer er auftauchte, Freude zu den Menschen brachte. Ich fühlte mich glücklich und hatte mein Ziel genau vor Augen. Die Welt würde ein schönerer Ort werden. Mehr Liebe würde zwischen den Menschen sein. Ich wusste es.

In der Pubertät wurde mir jedoch klar, dass die Menschen noch immer einer Leitfigur folgten. Mir wurde bewusst, wer auch immer ihnen das neue Glück bringen würde, wäre für die Menschen diese Leitfigur. Ich wusste, dass ihr Ziel jedoch nur sein konnte, sich selbst zu folgen, indem sie sich selbst fanden. So schob ich die Gefühle und Gedanken beiseite und begann zu lernen wie die Menschen sind. Ich beschäftigte mich eine Zeitlang mit unterschiedlichen Hobbies, erlernte einige Sportarten und war vielfältig interessiert. Ich las sehr viel und ganz unterschiedliche Genre. Auf meinem Weg lernte ich manche Menschen kennen und fand heraus, was sie bewegte, was sie antrieb und was ihnen fehlte.

Immer aber blieb ich auf der Suche, wie die Welt zu diesem glücklichen Ort gemacht werden könnte, den ich vor mir sah. Mein Wissen, meine Visionen behielt ich dabei, bis heute, für mich.

Nachdem ich mit Reiki in Kontakt kam, eröffnete sich mir ein gänzlich neues Feld, in dem ich lernen konnte. Ich besuchte unzählige Seminare, erfuhr Vieles und hörte Vielen zu.

Irgendwann merkte ich auch auf diesem Weg, dass es keinen Lehrer im Außen geben kann. So bestätigte sich für mich, das wahre Wissen liegt in jedem selbst. Jeder Mensch hat in sich das tiefe und wahre Wissen, wer er ist.

Ich verstand, dass nichts weiter getan werden müsste, als den Menschen dieses Wissen wieder zugänglich zu machen. So wurde die Idee vom „Pfad ins Licht" geboren. Doch auch dieser Weg gestaltete sich lehrreich, durfte ich doch erfahren, dass Menschen auch auf dem Weg zu sich selbst noch Leitfiguren folgen und diese nachzuahmen suchen. Doch Nachahmung führt nie dazu, man selbst zu sein, sondern das Leben eines anderen zu imitieren.

Ich habe eine Vision.

Ich sehe die Menschen eines neuen Zeitalters. Nicht länger leben wir weitgehend in unserem Ego. Nicht länger nehmen wir uns Energie von anderen Menschen, indem wir uns über sie erheben. Im neuen Zeitalter leben wir im Einklang mit uns selbst.

Wir leben unser Leben in Freiheit, zollen unseren Wünschen Respekt und folgen ihnen.

Genauso wie wir unseren Weg gehen, so lassen wir auch andere den ihren gehen. Mit Respekt und Achtung begegnen wir Ihnen, auch wenn wir ihre Herangehensweise nicht verstehen. Wir haben verstanden, dass jeder Weg ein individueller ist.

Hass und Neid verblassen, wenn man liebevoll auf die eigene Stimme hört und der inneren Wahrheit folgt. Die folgenden Jahrtausende werden in diesem Sinne gelebt werden. Wir stehen am Anfang, erleben gerade den Umbruch.

Künftig werden es mehr und mehr Menschen schaffen, in ihrem vierten Chakra, dem Chakra des Herzens zu leben. Sie überwinden das Ego-Zeitalter und öffnen sich für das Zeitalter der Liebe, das gerade erst begonnen hat.

-Es hat begonnen, ob wir es bewusst oder unbewusst erleben. Die Menschen verändern sich schon hin zu mehr Liebe für sich und andere.

Ich sehe es, und es erfüllt mich mit unendlicher Freude.

Esslingen, im März 2007

Lisas
Pfad
ins Licht

1. Da bin ich

Nur noch Stille. Da saß ich nun und schaute mich im Wohnzimmer um. Überall standen Umzugskisten in Stapeln übereinander und ich, Lisa, mitten auf einer Kiste. „Immerhin eine wirklich schöne Aussicht", dachte ich und schaute in den Garten meiner neuen Zwei-Zimmer-Wohnung. Erstaunlich genug, einen Garten bei einer solch kleinen Miet-Wohnung zu bekommen, aber etwas Glück konnte ich ja auch mal haben. Pech hatte ich in letzter Zeit genügend angezogen, das reichte erstmal. Vor meinem geistigen Auge zogen die Bilder der letzten Jahre noch einmal vorbei. Wie glücklich ich am Anfang gewesen war. Wenn ich nur damals schon gewusst hätte, was auf mich zukommt. Die viele Arbeit, die ich in die Ehe investiert hatte und doch, es hatte sich nicht ausgezahlt. Nun saß ich da, frisch geschieden, in der neuen Wohnung. Nein, so hatte ich mir das wirklich nicht ausgemalt, als ich vor dem Standesbeamten „ja" sagte.

Mit einem Seufzer erhob ich mich und begann das Wohnzimmerregal aufzubauen. Für teure Möbel fehlte mir momentan wirklich das Geld. Im Radio spielte „Don´t worry – be happy" und ich musste unfreiwillig lächeln. „Als ob mir jemand das Lied gerade bestellt hätte". In dem Lied heißt es: „Wenn du dir Sorgen machst, verdoppelst du diese nur."
„Wie recht er damit hat" dachte ich, schob die Sorgen mit Schwung beiseite und widmete mich wieder voll der Aufgabe

des Regalaufbaus. Und in der Tat, es half, die trüben Gedanken verschwanden erstmal wieder.

Nach einer Weile nahm ich auf einer Kiste Platz und betrachtete mein Werk mit Stolz. „Schon prima, so eine eigene Wohnung. Darin kann ich tun und lassen, was ich möchte" dachte ich. Und während ich so in Gedanken war, fiel mein Blick auf die schon aufgebaute und damit funktionsfähige Küche, die mir mein handwerklich begabter Onkel Christian in weiser Voraussicht schon Tage vorher zusammengebaut hatte. Schön, dass ich wenigstens Kochen konnte.

„Ich habe doch alles was wichtig ist", versuchte ich mir Mut für die Zukunft zu machen. „Ich habe eine Wohnung, in der ich leben kann, und ich habe einen Job". Nun ja, mein Job war jetzt nichts zum Reichwerden. Ich arbeitete im öffentlichen Dienst und da verdient man wirklich nicht viel, aber der Job machte mir Freude. Die Kollegen waren nett und der Chef mochte mich. Es gab nicht viel Geld, aber immerhin war die Arbeit recht krisensicher. Es hätte schlimmer kommen können. Schließlich gab es genug Geld, um nicht zu verhungern. Mein Einkommen sollte gerade reichen, um über die Runden zu kommen.

Wenn da nicht, ja also wenn da nicht die Schulden wären, die in der Ehe angefallen sind. Wieder grübelte ich darüber nach, wie ich das nur hatte übersehen können. Wir hatten nie viel Geld gehabt. Meist war es am Monatsende schon recht knapp, aber

irgendwie haben wir es immer geschafft. Doch beim Aufrechnen des Vermögens stellte sich heraus, dass es keinerlei Vermögen gab, sondern nur Schulden. Von Schulden wusste ich nichts und war wirklich überrascht. Diese wurden dann aufgeteilt bei der Scheidung, und so kam es, dass ich fortan von meinem knappen Gehalt nun auch noch jeden Monat Geld für die Schuldentilgung verwenden musste.

„Das hab ich mit meinem Ex-Mann wirklich prima hinbekommen", dachte ich. An den Ausdruck muss ich mich auch erst gewöhnen, aber das war er ja von nun an, mein Ex-Mann. Gab es da nicht noch eine andere, treffendere Bezeichnung? Größter Fehler meines Lebens? Ich musste lachen. Nun ja, so schlimm war es auch nicht, wir hatten ja auch wirklich schöne Zeiten miteinander erlebt und er hatte mir auch viel Halt gegeben. Letztlich waren wir aber zu unterschiedlich für ein gemeinsames Weiterleben. Wir hatten uns verändert und Dinge entdeckt, die sich nicht mehr unter einen Hut bringen ließen. Vielleicht sollte ich ihn „mein erster Mann" nennen, aber das könnte den Gedanken nahelegen, dass ich noch viel mehr Ehemänner wollte. Nein, das wollte ich ganz sicher nicht.

Es nagte unsagbar an mir, dass diese Ehe nichts geworden ist. Meine Eltern hatten sich getrennt, als ich gerade erwachsen war. Das fand ich damals unmöglich. Warum heiratet man, wenn man sich doch wieder scheiden lässt? Was bringt das denn noch? Aber als er damals auftauchte, konnte ich nicht an-

ders. Ich wollte ihn heiraten, wollte eine Familie, einen gemeinsamen Namen, ein Heim, die Geborgenheit fühlen, die man durch einen festen Partner bekommt. Ich suchte jemand, der mich so liebte, dass er bereit war, sein Leben mit mir zu teilen. Jemand, der immer für mich da sein sollte, so war meine Vorstellung damals. Ja, all das hatte ich und hatte es wieder verloren. Nun war ich alleine und auf mich gestellt. Niemand mehr, an den ich mich hätte anlehnen können. Keiner, der mich umsorgte. Sämtliche romantischen Vorstellungen meiner Kindheit, von dem Prinzen, der mich erlösen kommen würde, waren ausgeträumt. Diesen Prinzen gab es nicht, hatte es nie gegeben.

Noch etwas würde ich wohl nicht mehr bekommen – Kinder. Wie denn auch, wenn mir der Mann abhandengekommen war? Und schon begannen die Tränen zu fließen. Ja, Kinder. Mein Herz wurde wehmütig und schwer. Dabei hatte ich früher nie Kinder gewollt, aber dann, irgendwann, wuchs der Wunsch nach einem eigenen Kind. Plötzlich bekam jeder Kinder in meinem Umfeld. Die sahen alle so glücklich dabei aus. So glücklich wollte ich auch sein! Ja, hatte ich denn kein Recht, glücklich zu sein? Wenn Kinder so glücklich machten, dann wollte ich das auch haben.

In Gedanken schaute ich auf die Dinge, die ich noch hatte. Meine gemietete, kleine Wohnung. Ein Job, jedoch war das Einkommen sehr gering. Um über die Runden zu kommen lebte ich in einem Viertel der Stadt, wo viele Gescheiterte lebten. Ich hatte weder den Mann dafür, ein Kind zu bekommen, noch das Geld, mir eines zu leisten. Und über allem hing drohend die Zahl

meines Alters und die innere Uhr tickte unaufhörlich in Richtung Wechseljahre. Und dann – aus die Maus, dann wäre ich nicht mehr in der Lage ein Kind zu bekommen.

Jetzt war es um meine Fassung vollends geschehen und ich weinte bitterlich mein Elend in die Umzugskisten. „Welche Perspektive habe ich denn noch?", dachte ich. Soll es so weiter gehen? Der Job wirft zu viel ab um zu sterben, aber leider auch zu wenig zum Leben. Die Schulden aus der Ehe musste ich ja auch noch abzahlen und das drückte das Budget zusätzlich. Kein Mann mehr, keine Familie, keine Geborgenheit! Weshalb lebte ich überhaupt? Welchen Sinn hatte dieses Leben? Bisher dachte ich, der Sinn läge darin, einen Mann zu finden, zu heiraten, sich niederzulassen, Kinder zu bekommen und glücklich zu leben bis zum weit entfernten Ende. Aber wenn das stimmt, dann habe ich kläglich versagt. Wie sollte ich das jemals wieder hinbekommen? Dicke Tränen liefen mir die Wange herab und tropften mit einem dumpfen Plop auf die Umzugskisten, wo sie dunkle Flecken hinterließen.

Ich war gerade dabei, mich völlig in meinem Elend zu ergeben, als mein tränenverschleierter Blick beim Umherschweifen in dem Garten der Wohnung hängen blieb. 150qm Garten, mit hohen Bäumen und vielen Büschen – mein Garten! Und genau in diesem Moment durchdrang ein Sonnenstrahl die dicken Wolken und richtete sich wie ein Spotlight genau auf eine Konifere, die dadurch in sattestem Grün erstrahlte. Dieses Schauspiel zog meinen Blick magisch an. Ohne richtig zu wissen wa-

rum, fühlte ich mich plötzlich nicht mehr so schlecht und die Tränen flossen weniger.

Ein schrilles Geräusch durchzuckte die Stille und ließ mich aufspringen. Während ich zum Telefon rannte, nahm ich mir vor, diesen schrecklichen Klingelton schnell zu ändern. „Hallo Wohnungsbesitzerin", sprudelt es fröhlich an mein Ohr. „Ich hatte so das Gefühl, ich sollte dich mal anrufen, damit du kein Trübsal bläst – das tust du doch nicht, oder?"

Katja hatte wirklich eine Gabe für den richtigen Augenblick. „Nein natürlich nicht, ich packe aus", log ich, während ich mir schnell die nassen Wangen trockenwischte. „Na fein, dann mach das noch ne Weile und morgen Abend machst du dich schick. Ich komme dich um 19 Uhr abholen". Ich musste unwillkürlich lachen. „Darf ich vielleicht erfahren wo es hingeht, oder willst du mich verschleppen?" Katja hatte immer die verrücktesten Ideen und bei ihr gab es nie schlechte Laune. „Wir gehen zu einem Vortrag, wird total spannend". „Oh Mädel, aber bitte nicht dein Eso-Quatsch – oder?" Katja ging auf alle Vorträge und Seminare, die es in der Esoteriker-Szene so gab. Sie war zwar ein lebenslustiger Mensch, mit dem man viel Spaß haben konnte, aber Esoterik war nun wirklich nichts für mich.

Ich hielt alle Esoteriker für Spinner, die den Boden unter den Füssen verloren hatten und ihr Heil durch Kartenlegen suchten. Katja lachte nur: „Komm einfach mit, da redet jemand über den Sinn des Lebens, und du hast deinen Sinn noch nicht gefunden. Daher wird es dir guttun."

„Klar habe ich den Sinn meines Lebens nicht, immerhin kann ich kaum glauben, dass es sinnvoll sein kann, ein zerrüttetes Elternhaus zu haben, nach sieben Jahren Ehe schon wieder geschieden zu sein und als Geringverdienerin auch noch jede Menge Schulden zu haben. Nein wirklich, da kann kein Sinn darin liegen," antwortete ich fast vorwurfsvoll.

„Warte es ab, manchmal erschließt sich der Sinn nicht so leicht", entgegnete Katja geheimnisvoll.

Das war auch wieder typisch für sie. Sie fand in jedem Elend auch immer etwas Gutes. Das war mir wirklich unverständlich, aber ich beschloss, mir den Vortrag mal anzuhören. Es würde mir guttun, wenn ich aus meinen trüben Gedanken rausgerissen werde. „In Ordnung, ich komme morgen mit. Na, und wenn mir jemand den Sinn meiner letzten Jahre plausibel aufzeigen kann, gebe ich einen aus", stimmte ich schließlich zu.

Lisas
Pfad Licht
ins

2. Daya

Mit wenigen Erwartungen stieg ich am nächsten Tag in Katjas Auto. Der Vortrag sollte in einem spirituellen Zentrum etwas außerhalb stattfinden. Auf dem Weg erzählte Katja ein wenig darüber. „Weißt du", begann sie, „die Vortragende war einmal in einer ähnlichen Situation wie du gerade. Das war für sie keine leichte Zeit. Aber dann erfuhr sie etwas, das ihr Leben veränderte. Sie hat gemerkt, dass sie für ihr Glück selbst verantwortlich ist.

Wenn ihre Gedanken um das Negative kreisten, fühlte sie sich auch negativ, und so zog sie sich selbst in eine Spirale, die nur abwärts ging. Sie hat gelernt, diesen Kreislauf zu durchbrechen und sich an dem Positiven was geschieht, zu orientieren."

„Dann macht sie sich aber doch blind für das Negative. Sie verschließt nur die Augen und denkt sich ihre Welt schön. Das kann doch nicht der Sinn der Sache sein, das wäre doch nur ein Verdrängen", wandte ich ein. „Da hast du Recht. Wenn man es so machen würde, wäre es sinnlos. Aber so hat sie es ja auch nicht getan. Sie hat sich nicht endlos in den negativen oder traurigen Gedanken ergeben. Sie hat vielmehr die positiven genutzt, um sich selbst besser zu fühlen. Wenn ihr das gelang, nutzte sie die Kraft, die dadurch entstand, um anstehende Probleme zu lösen. Das geht doch viel besser, wenn man sich gut fühlt.

Daher hat sie ihre positive Energie, wann immer möglich, er-höht. Dadurch sieht man viel klarer und kann viel besser Anste-hendes lösen, als wenn man die trübsten Gedanken hat und mutlos rumhängt." „Aber die Vergangenheit ist doch nun mal so, ich kann sie mir nicht einfach schön denken", warf ich trotzig ein. Katja schaute mich prüfend an. „Natürlich ist deine Vergan-genheit wie sie ist. Daran änderst du auch nichts mehr."

„Eben", entgegnete ich und fühlte schon, wie die Tränen wie-der in mir aufstiegen. „Aber willst du nun die restliche Zeit dei-nes Lebens damit verbringen, traurig zu sein? Möchtest du das Leid, das du erfahren hast, aufrechterhalten und diese seeli-schen Schmerzen in dir haben, bis du mit über 90 dann stirbst?" Katjas Blick wurde immer zweifelnder: „Wenn das dein Ziel ist, dann tu es doch einfach, Lisa. Leide und genieße dein Leid! Es ist dein Leben. Da du erwachsen bist, darfst du frei darüber ver-fügen. Also tu doch, was du möchtest und wenn es ist, Leid zu fühlen, dann suhle dich eben darin." sagte sie und ich hatte das Gefühl sie meinte das, ohne Emotionen zu haben, wirklich ernst.

Nein, natürlich wollte ich das Leid nicht mehr fühlen, aber ich wusste einfach nicht, wie ich das ändern sollte, es war doch meine Vergangenheit. Ich beschloss jedoch, fürs erste nichts mehr zu sagen. „Es ist dein Leben, entscheide selbst wie du es leben möchtest", gab mir Katja abschließend mit auf den Weg, während sie auf den Parkplatz fuhr.

Schweigend gingen wir hinein und nahmen unsere Plätze ein. Von der Zentrumsleiterin wurde uns die Vortragende vorgestellt und ich konnte nicht umhin zu bemerken, dass von ihr etwas ganz besonderes ausging. Ich schaute sie bewundernd an. Eine faszinierende Ruhe und Zufriedenheit ging von ihr aus und ich entspannte mich ein wenig.

„Schön, euch alle hier zu sehen" begann sie. „Ich heiße Daya, was ein spiritueller Name ist, den einer meiner Lehrer mir einst gegeben hat. Er bedeutet Mitgefühl und genau das habe ich mit euch, denn auch ich hatte andere Zeiten in meinem Leben. Zeiten, in denen ich dachte, dass niemand ein schlimmeres Schicksal erleiden könnte als ich. Jedem erzählte ich davon und sorgte so unbewusst dafür, dass meine Gedanken sich auch um nichts anderes mehr drehten als um die schlimme Vergangenheit."

„Das kannte ich doch schon", dachte ich und schaute verstohlen zu Katja, doch die blickte ungerührt gerade aus. Also lauschte ich weiter den Worten Dayas, die mich mehr und mehr in Bann zogen. „Dadurch, dass ich jedoch meinen Gedanken gestattete, in der traurigen Vergangenheit zu verweilen, ließ ich keinen Raum mehr für die Gegenwart. Ich blendete die Gegenwart aus und beraubte mich so der Möglichkeit, etwas Schönes zu erleben. Alles was ich erlebte, war die Vergangenheit, wieder und wieder und wieder." Ich musste schlucken. Tat ich das nicht auch? Aber, wie sollte man das ändern fragte ich mich und lauschte Daya als diese fortfuhr:

„Es war wie ein Fluch, denn die trüben Gedanken hielten mich fest. Es war wie eine Spirale, die nur eine Richtung kannte, nämlich abwärts. Wer weiß, wo das geendet hätte, wenn ich nicht jemanden getroffen hätte, der mir dieses Verhalten bewusst machte. Auf einmal wurde mir klar, dass ich mich selbst in dieser Spirale gefangen hielt. Ich selbst war es, die die Ketten angelegt und zugemacht hatte. Ich selbst hielt mich gefangen. Niemand sonst war dafür verantwortlich. Wenn doch die Vergangenheit so schrecklich war, warum erlebte ich sie immer und immer wieder, in dem ich sie unaufhörlich erzählte?"

Das war auch wirklich dumm von Daya, dachte ich, und mir dämmerte, dass ich es auch nicht viel besser gemacht hatte. Das geschieht aber auch nicht freiwillig. Die Gedanken kommen einfach und man kann sie doch nicht kontrollieren oder unterdrücken. Nein, unterdrücken konnte nicht gut sein, da war ich mir sicher. „Es bringt natürlich nichts, die Gedanken zu unterdrücken" fuhr Daya fort, „das würde den Fluss der Dinge stoppen. Es ist in Ordnung, trübe Gedanken zu haben, es ist auch in Ordnung, Trauer über etwas Geschehenes zu empfinden. Es liegt aber an jedem selbst, wie lange er das tun möchte. Mir wurde irgendwann bewusst, dass ich mit den Gedanken in die Vergangenheit die Gegenwart überhaupt nicht mehr wahrnahm. Selbst wenn es wunderschön war, weil ich mit Freunden zusammen war und wir gelacht und gescherzt haben, nahm ich das Schöne darin nicht mehr wahr. Ein Teil von mir hielt meine Aufmerksamkeit in der trüben Vergangenheit.

Mehr und mehr wurde mir dieses Verhalten bewusst, und so traf ich irgendwann die Entscheidung, es so nicht mehr zu wollen. Ich entschied mich dafür, schöne Momente, die ich in dem Augenblick erlebte, bewusst wahrzunehmen und mich an ihnen zu erfreuen. Da wurde mir bewusst, dass wir Frühling hatten und die Vögel morgens wundervoll zwitscherten. Die Blumen dufteten und ich sah Schmetterlingen zu. Das alles machte mir gute Gedanken und ich merkte, wie ich mich durch diese Gedanken besser fühlte. Irgendwie stärker und stabiler. Wenn doch noch mal trübe Gedanken kamen, rissen die mich nicht mehr so tief mit nach unten, und mir fiel es leichter, mich wieder aus der Abwärtsspirale zu befreien, indem ich mich wieder auf das Schöne konzentrierte.

Das brauchte natürlich ein wenig Übung und ging nicht immer so leicht, aber von mal zu mal fiel es mir doch leichter, meine gute Energie zu halten."

Was Daya so alles erzählte, machte durchaus Sinn für mich. Ich grub mich gerade auch oft genug in meine trüben Gedanken ein. Damit fühlte ich mich dann sogar noch schlechter als vorher, aber wie sollte man sich da wieder rausholen? In der Theorie hörte sich das sehr gut an, aber es scheiterte daran, es in die Praxis umzusetzen.

Gerade während ich über die Umsetzung nachdachte, erzählte Daya weiter: „Grau ist alle Theorie, sage ich immer. Am besten wir üben das mal. Denn verstehen und umsetzen können ist

doch manchmal noch unterschiedlich. Das muss natürlich nicht so sein, ich kenne auch Menschen, die sofort umsetzen können, wenn sie etwas Neues verstehen, aber nicht jeder macht das so.

Wisst ihr, unser Gehirn ist wie ein großer, leistungsfähiger Computer. Er wird ständig mit neuen Programmen gefüttert, die er dann bei den passenden Situationen einfach abruft. Müssten wir alles jederzeit neu lernen, dann würden wir das niemals hinbekommen. Es spart ungeheuer Zeit, auf die Programme zurückzugreifen. Doch leider sind nicht alle immer gut. Wir sollten uns also bewusst machen, wo wir ein Programm haben und ob wir es an der Stelle auch so nutzen wollen. Am leichtesten geschieht das, indem ihr bewusst Einfluss darauf nehmt, was in eurem Gehirn gespeichert wird. Dinge wie das Laufen oder das Autofahren sind beispielsweise Programme, die bei euch gespeichert sind. Ihr habt es erlernt und könnt es wieder abrufen.

Lasst uns also lernen, wie man Einfluss auf seine Programme bekommt und wie man sie umschreiben kann.

Macht sie euch bewusst und dann denkt euch die Situation so, als würde sie gerade geschehen. Nur, dass ihr euch dieses Mal bewusst so verhaltet, wie ihr das möchtet. Wiederholt das in euren Gedanken mehrmals, immer wieder und mit der Zeit schreibt sich das ganze um und euer Verhalten ändert sich auch in der Realität.

Eure Gedanken gestalten nämlich eure Welt. Euer Körper reagiert auf eure Gedanken.

Lasst uns das nun einfach mal probieren. Stellt euch etwas Trauriges vor, das euch schon geschehen ist. Nehmt jetzt nichts so Dramatisches, sonst kann es sein, ihr verstrickt euch endlos darin. Ein Haustier, das euch gestorben ist, ein Freund der weggezogen ist. Ein verlegtes Lieblingsbuch, etwas in der Art. Versetzt euch in die Situation von damals. Wie war das? Wie habt ihr euch gefühlt, als das geschehen ist? Fühlt das Gefühl noch mal, spürt ihr es?" Ich dachte daran wie traurig ich war, als meine Gitarre kaputt ging. Jahrelang hatte ich sie mir gewünscht, bis sie endlich irgendwann unter dem Weihnachtsbaum lag. Bis dahin habe ich immer auf der Gitarre meiner Freundin gespielt. Nun endlich war meine da! Sie war wundervoll, einfach perfekt, denn sie war nur für mich. Überall musste sie mit hin, in jedem Urlaub kam sie mit ins Auto. Irgendwann bei einem nächtlichen Stopp an der Autobahn suchte jemand was im Kofferraum und verschob die gepackten Teile etwas. Als dann der Kofferraumdeckel zugeschlagen wurde, gab es ein lautes Geräusch von splitterndem Holz, das mir durch Mark und Bein ging. Wie erstarrt blieb ich stehen als mein Vater den Deckel wieder öffnete und die Gitarre untersuchte. Sie hatte ein Loch im Boden und Holzsplitter rieselten herab. Ich war untröstlich gewesen. Meine schöne Gitarre war kaputt! Ich fühlte genau, wie traurig ich damals gewesen war.

Daya fuhr fort: „Merkt ihr, wie ihr euch schlechter fühlt als eben? Hört nun lieber auf, daran zu denken. Habt ihr gefühlt, wie schnell diese Emotionen wieder erneuerbar sind, wenn ihr nur daran denkt? Was glaubt ihr, macht es dann mit eurer Verfassung, wenn ihr jedem immer wieder von dem Leid und dem Elend erzählt, das ihr schon erlebt habt? Ihr bleibt in diesen Emotionen verhaftet, findet kaum mehr raus. Daher solltet ihr dieses Aufwärmen der traurigen Geschichte vermeiden." Noch immer fühlte ich die Traurigkeit über die kaputte Gitarre in mir. Zwar wurde sie repariert und ich habe sie noch heute, aber sie klang nie wieder so weich und rund wie zuvor. Langsam begann ich zu verstehen, was Daya uns sagen wollte. Denn die Traurigkeit von damals kehrte zurück, indem ich einfach darüber nachdachte. Wenn ich jetzt nicht meine Gedanken auf etwas Schönes lenke, bleibt die Trauer. Ich war gespannt, wie das Experiment von Daya weiter ging.

„Was so funktioniert, geht natürlich auch anders herum. Lasst uns den schöneren Teil dieser Übung machen", sagte Daya und lächelte auf einmal fröhlich: „Stellt euch etwas Wundervolles vor, das euch geschehen ist. Etwas ganz Herrliches. Etwas, das euch so richtig glücklich gemacht hat. Vielleicht die Geburt eures Kindes und wie ihr es zum ersten Mal angesehen habt, vielleicht eure Hochzeit, das erste eigene Auto, die Jobzusage, eine tolle Sache die ihr gemeistert habt, was auch immer euch so richtig glücklich gemacht hat.

Wenn ihr einen wunderschönen Gedanken habt, dann stellt euch die Umstände vor, die damals waren. Wer war dabei, was genau geschah? Stellt es euch ganz genau vor. Geht in jedes Detail und fühlt das wunderschöne Gefühl das ihr hattet, fühlt es."

Ich hatte meine Augen geschlossen und dachte an den Tag, an dem ich meine Gitarre geschenkt bekam. Ich hatte sie mir so gewünscht und war so unsagbar glücklich damit. In Gedanken sah ich sie erneut zum ersten Mal. Ich lächelte unwillkürlich. Daya lies uns eine Weile in diesem wundervollen Gefühl und fuhr dann fort: „Wenn ich euch jetzt so ansehe, während ihr da alle mit geschlossenen Augen sitzt und euren glücklichen Gedanken denkt, finde ich es wunderschön. Man sieht den lächelnden Gesichtern deutlich an, dass es schön ist, was ihr gerade denkt.

Haltet den Gedanken, haltet das Glück, das ihr fühlt und hört jetzt mal auf euren Körper! Geht es euch nicht besser? Ist nicht der Herzschlag angenehm ruhig? Fühlt ihr euch nicht rundum wohl? Sind nicht Schmerzen, die ihr vorher empfunden habt, nun weniger geworden? All das vermag Glücklichsein in uns auszulösen. Geniesst dieses Gefühl noch eine Weile." Daya machte eine Pause und ließ uns in dem herrlichen Gefühl. Wellen des Glücks durchströmten mich und ich war restlos zufrieden. Wie könnte ich jemals anders fühlen?

„Haltet jetzt euer Gefühl und öffnet langsam wieder die Augen. Könnt ihr jetzt noch verstehen, warum ihr doch lieber die meis-

te Zeit des Tages mit den schlechten Gedanken verbringt? Es ist nachgewiesen worden, dass wir fast dreiviertel der Zeit mit negativen Gedanken verbringen.

Wenn ihr jetzt ein Problem lösen müsstet, mit welchem Gefühl glaubt ihr, wäre es leichter, das Problem zu lösen? Mit dem schlechten von vorhin oder mit dem guten von jetzt? Mit dem guten Gefühl seid ihr viel leistungsfähiger und motivierter, schwierige Dinge anzugehen. Mit dem guten Gefühl wird es euch leichter fallen, Probleme zu lösen." Ich fühlte mich nun tatsächlich besser. Eine Leichtigkeit umfing mich, die mir erst bewusst machte, dass ich mich vorher schwer gefühlt habe, runtergedrückt von den Lasten, die ich schulterte. Nun kamen sie mir lange nicht mehr so schlimm vor. Meine Muskeln am ganzen Körper lockerten sich, je länger ich das gute Gefühl fühlte. Es war wirklich einfach aus der Tristesse der Gedanken auszubrechen. Man musste sich nur den Anker eines guten Gedankes setzen. Dankbar sah ich zu Daya, die in die Runde lächelte.

„Ihr wisst nun, wie ihr dieses Gefühl produzieren könnt. Tut es, so oft ihr könnt. Programmiert euch darauf, dass jedes Mal, wenn ihr doch schlechte Gedanken habt, ihr euch sagt „Stopp, das will ich nicht, ich denke lieber wieder meine schönen Gedanken!" Ihr werdet feststellen wie effektiv ihr im Lösen von Problemen werden könnt. Lasst mich euch zum Schluss noch einen Tipp geben, der mir damals sehr geholfen hat. Legt euch ein kleines Büchlein an, in das ihr alles reinschreibt, was ihr künftig beachten wollt, an was ihr denken wollt. So könntet ihr

beispielsweise reinschreiben „Ich denke positiv" oder „Ich übernehme Verantwortung für mein Leben". Es hilft, wenn man es niederschreibt, weil es dann eher im Gedächtnis bleibt. Es reicht nicht aus es verstanden zu haben, man muss es anwenden, damit es funktioniert. Also wendet es an", schloss Daya ihre Ausführungen.

Eine Frau mittleren Alters meldete sich: „Das ist echt toll, was du uns da zeigst, Daya. Aber wie bist du dahin gekommen, wer half dir?" Daya schaute die Frau freundlich an, als sie entgegnete: „Jeder hat seinen Weg, und mein Weg kann nicht als Vorbild dienen für andere. Lasst euer Herz entscheiden, wie ihr am besten weiterkommt und nehmt meinen Weg nur als Anregung. Sicherlich hilft es, wenn man regelmäßig übt. Diese Dinge sind zwar einfach, sie funktionieren jedoch nur, wenn man sie auch täglich macht. Daher ist es hilfreich, sich täglich in das gute Gefühl einzufühlen.

Ich fand zu diesem Wissen, als ich mit Reiki begonnen habe. Das Seminar, in dem ich den ersten Reiki Grad erlangte, öffnete mir förmlich die Augen und ich hatte von da an eine Möglichkeit, mich selbst zu heilen und mich immer wieder mit guter Energie aufzuladen. Das half mir ungemein. Außerdem gab es regelmäßige Treffen, auf denen man sich austauschen konnte." Ich hatte keine Ahnung, was Reiki ist. Überhaupt entbrannte gerade eine riesige Diskussion, an der ich nicht mehr teilnehmen wollte. Zu sehr beschäftigte mich das Gehörte. Katja hatte auch genug für heute und so entschlossen wir uns, den Heimweg anzu-

treten. Ich konnte es kaum fassen, wie einfach es war und wie verkehrt ich bisher gedacht habe. Ständig kreisten meine Gedanken um das Elend, das ich hatte, die Scheidung, dass mein Wunsch nach Familie gerade geplatzt ist, dass ich finanziell schwierige Zeiten durchmachte. Indem ich aber immer und immer wieder darüber nachdachte, wie mies es mir ging, zog ich mich selbst nur noch tiefer in mein Elend hinein. Mit nur einem schönen Gedanken konnte ich diese Spirale stoppen. Mit einem schönen Gedanken konnte ich wieder positiv gestimmt werden. In diesem schönen Gedanken fühlte ich mich beschwingter und viel fähiger, meine Probleme anzugehen und Lösungen zu finden. Mir fiel eine Szene aus „Peter Pan" ein. Als der ältere Peter wieder nach Nimmerland zurückkehrt und sich an all die Phantasien von früher nicht mehr erinnern kann, helfen ihm die Kinder und sagen ihm: „Denke deinen wunderbarsten Gedanken und du kannst fliegen" Ja, ein wunderbarer Gedanke lässt mich leichter fühlen und freier. Wenn ich fliegen könnte, würde ich die Welt von oben sehen, aus der Vogelperspektive und sofort würden mir meine Probleme unten auf der Erde klein vorkommen. Ich nahm mir vor, dies künftig zu üben und mich nicht mehr von der Traurigkeit überrollen zu lassen.

Ich nahm Katja zum Abschied in den Arm. „Danke dass du mich mitgenommen hast", sagte ich ihr als ich sie drückte, „ich habe viel gelernt und werde nun meine Betrachtungsweise verändern." Katja lächelte mich an, als sie entgegnete: „Du bist für dein Leben und wie du es lebst, selbst verantwortlich. Ich freue mich, dass du diese Verantwortung nun auch selbst erkennst."

Winkend stieg sie in ihr Auto und fuhr davon. In Gedanken, aber lächelnd, schloss ich meine Wohnung auf und trat ein.

Die Wirkung von Dayas Erklärungen hielt auch am nächsten Tag noch an. Es lag an mir, ob ich mich in meinem Elend ergab oder ob ich mich motivierte, meine Sichtweise änderte und den Ausweg aktiv suchte. Nun war ich schon über 30 Jahre alt, aber diese Art der Eigenverantwortung hatte ich bisher noch nicht gelernt. Höchste Zeit, es nun in mein Leben zu integrieren! Ich nahm mir von nun an jeden Tag vor drei Mal zu überprüfen, ob ich positiv oder doch wieder negativ dachte. Daher schrieb ich in mein neues Büchlein:

- **Ich übernehme Verantwortung für mein Leben**
- **Ich denke positiv**

Mir war klar, dass es nicht sofort funktionieren würde, aber mit der Zeit würde ich öfter und öfter aus dem guten Gefühl des positiven Denkens heraus handeln. Allein dieser Entschluss machte mich schon glücklich und so surfte ich ein wenig im Internet.

Ich suchte Seiten, die etwas mehr über Reiki erklärten, von dem Daya gestern gesprochen hatte. Reiki, so stand da, sei eine Methode mit der man die universelle Energie in sich oder andere leiten könne. Es sei aber auch ein Weg, zum Heilwerden. Ich verstand zwar nicht wirklich, was gemeint war. Es faszinierte

mich jedoch und meinem inneren Antrieb folgend meldete ich mich per Email zu einem Seminar an, das schon am nächsten Wochenende stattfinden sollte.

3. Das Reiki Seminar

Einige Tage später fand ich mich im Dachgeschoss eines Einfamilienhauses, mit einigen anderen auf einem lila Teppich sitzend, wieder. In der Mitte befand sich eine große Kerze und Sabine, die Reiki-Lehrerin, erzählte gerade, wie sie zu Reiki kam. Sie hatte ein Problem mit der Wirbelsäule gehabt und hätte sich nicht schmerzlos bewegen können, noch nicht einmal eine Handtasche konnte sie umhängen ohne das diese extrem schmerzhaft für sie gewesen wäre. Selbst Umarmen verursachte Schmerzen. Das brachte sie auf die Suche nach Hilfe und so stieß sie auch auf Reiki.

Es ging zwar nicht von heute auf morgen, aber dadurch, dass sie am Ball blieb, konnte sie irgendwann wieder schmerzfrei leben.

Sie erzählte uns erstmal, dass Reiki die universelle Energie sei, die alles durchströme und folglich überall zu finden sei. Jeder Mensch nehme sie auf, aber die Kanäle, in denen es im Körper fließt, könnten auch verstopfen. Die Einweihungen in Reiki dienten auch dazu, diese Kanäle wieder durchlässiger zu machen und uns so für diese Kraft mehr zu öffnen.

Das alles hörte sich schon etwas abgefahren an, und doch fesselte es mich eigentümlich. Mehr und mehr verlor ich jedes Gefühl für Zeit und lauschte Sabines Ausführungen.

„Reiki wurde von einem Japaner namens Usui wiederentdeckt. Er wurde nach einer 21-tägigen Meditation auf dem Berg Kurama erleuchtet und wusste fortan um das Wirken und Lehren von Reiki. Ihm war jedoch auch klar, dass man nicht nur die Energie empfangen könne, um heil zu werden, es gehörte auch eine Portion Eigenverantwortung dazu. In unserer westlichen Welt hat es sich eingebürgert, dass man zum Arzt geht und die Verantwortung für die Gesundheit ihm überlässt. „Mach mich gesund, ich zahle ja auch mit meinen Kassenbeiträgen dafür", suggerieren wir ihm wortlos. Als wenn es seine Verantwortung wäre, wie wir leben. Leider übernehmen die Ärzte diese Verantwortung jedoch und geben uns ein Mittelchen nach dem anderen. Doch diese bekämpfen meist nur die Auswirkung, die wahre Ursache bleibt davon unberührt. Wie überall ist es jedoch auch bei Krankheiten: die Ursache des Übels muss bekämpft werden, sonst bringt jede Hilfe nichts auf Dauer! Usui erkannte, dass die Menschen mehr tun mussten als sich die heilende Energie des Reikis geben zu lassen. Zwar half diese Energie auf dem Weg der Heilung, wenn jedoch die Ursache weiterwirken konnte, war auch Reiki oft nur von kurzem Erfolg gekrönt. Daher entwickelte er fünf kurze Lebensregeln, die jedem helfen sollten, seinen Weg zu überdenken."

Ja, das machte irgendwie Sinn. Wir wissen, dass jede Krankheit eine Ursache hat. Wir glauben oft Bauchweh liegt daran, dass man sich den Magen verdorben hat, aber wir kennen doch auch

die Begriffe wie „das schlägt mir auf den Magen" oder „wenn ich das höre, wird mir schlecht" oder „als er das sagte, verkrampfte sich alles in mir". Dass man also bei diesen Ursachen als Symptom Bauchweh bekommen kann, ist verständlich. Schließlich kannte ich das auch von mir. Wenn die jährliche Mitarbeiterbesprechung anstand, hatte ich immer ein sehr flaues Gefühl im Magen, das sofort verschwand, wenn alles positiv verlief. Dass wir alle selbst verantwortlich für unser Leben waren, hatte ich ja schon verstanden. Die Eigenverantwortung von der auch Usui sprach, hatte ich für mich schon übernommen. Mir wurde bei Sabines Ausführungen aber auch klar, wie viel ich noch lernen konnte. So lauschte ich ihr weiter, als sie über die Lebensregeln des Reiki Systems sprach.

„Lasst uns zu den Lebensregeln von Mikao Usui kommen", sprach Sabine weiter und lenkte meine Aufmerksamkeit dadurch wieder zu den Ausführungen über Reiki. „Die erste der fünf Regeln lautet: Gerade heute lasse allen Ärger los.

Wenn ihr euch ärgert, macht ihr euch nur schlechte Gefühle und das bringt euch nirgendwo hin. Wenn Ärger entsteht, lasst ihn wieder los. Haltet ihn nicht fest. Wenn ihr ihn haltet, ärgert ihr euch nur umso länger, aber es bringt euch überhaupt nichts. In dem Gefühl des Ärgers seid ihr zudem noch unfähig, klar zu denken. In dem Gefühl findet ihr eher selten eine Lösung für euer Problem. Die Wut, der Ärger beherrschen euch und ziehen euch energetisch runter."

Das hatte Daya beim Seminar schon erklärt und wir hatten das mit den schönen und den schlechten Gedanken auch selbst er-

fahren. Ich nickte Sabine daher zustimmend zu, während sie erklärte: „Ihr wisst auch gar nicht, warum die Dinge geschehen. Alles, was geschieht hat einen Sinn, wir verstehen ihn nur nicht immer, aber es hat einen Sinn. Ich gebe euch dazu einmal ein Beispiel. Stellt euch vor, ihr fahrt mit dem Auto und habt es eilig. Vor euch fährt jemand, der es überhaupt nicht eilig hat. Er kriecht vor euch her, so zumindest kommt es euch in eurer Eile vor", sagte Sabine. Ein zustimmendes Gemurmel erhob sich von den Teilnehmern, diese Situation kannte wohl jeder. „Da kann man sich ja wirklich darüber ärgern", fuhr Sabine fort. „Ihr könnt nun schimpfen und toben und den anderen anschreien, dass er doch schneller fahren soll. Nutzen wird dies euch jedoch nichts. Er wird weiter genau so schnell fahren wie er möchte."

Sabine machte eine Pause und sah die Zustimmung in allen Gesichtern. Klar kannte jeder diese Situation. Ich natürlich auch, wenn ich auch von mir behauptete, da recht gelassen zu reagieren. „Ihr könnt natürlich zum Überholen ansetzen, aber wir wissen nicht, für was das langsame Fahren gut war. Kann doch sein, ihr seid nun so im Ärger verhaftet, dass ihr halsbrecherisch überholt und euch damit in große Gefahr bringt. Kann aber auch sein, hinter der nächsten Kurve steht die Polizei und macht eine Geschwindigkeitskontrolle. Ohne den Langsamfahrer vor euch wärt ihr vermutlich zu schnell gefahren und müsstet jetzt zusätzlich noch eine Strafe zahlen." Sabine lachte: „Dann hätte man einen neuen Grund sich zu ärgern"

Ich musste lachen. Es stimmte, ich fuhr gerne mal ein wenig zu schnell, und so musste ich natürlich auch schon oft eine Strafe zahlen. Gerade war ich dabei, mich zu konsequent richtigem Fahren zu erziehen. Das allerdings brachte andere hinter mir oft in Rage, weil sie dann das Gefühl hatten, ich fuhr zu langsam.

Jetzt meldete sich Monique zu Wort. Die anderen Teilnehmer hatte ich vorher gar nicht richtig wahrgenommen, aber nun betrachtete ich sie etwas genauer. Monique war noch recht jung, vielleicht Mitte Zwanzig und sehr hübsch. Sie schien das aber selbst nicht zu wissen. „Ich kenne das Beispiel, wie unnötig der Ärger ist, auch", sagte Monique. „Wenn man beim Vorbeigehen mit der Zehe am Tischbein hängen bleibt, da könnte man sich ja so über den blöden Tisch ärgern, der da einfach im Weg herumsteht." Sie fing an zu lachen. „Also ehrlich, da könnte man doch den Tisch gleich noch mal kräftig bestrafen und total fest dagegentreten, um es ihm mal richtig zu zeigen, dass es so nicht geht". Wir mussten alle lachen, zu deutlich sahen wir diese Situation vor uns. „Klar", kicherte ich „was fällt dem Tisch aber auch ein so blöde im Weg rum zu stehen!" und fragte mich unwillkürlich ob es denn Gefängnisse für böse Tische gab.

„Seht ihr, das meine ich", holte Sabine uns aus unserem Lachanfall wieder zurück. „Es bringt euch nichts, den Tisch für sein Herum stehen zu bestrafen. Es nutzt auch nichts, wenn ihr euch nun den restlichen Tag darüber ärgert. Es ist geschehen und ihr würdet mit dem Ärgern nur die schlechten Gefühle behalten. Daher sagte Usui: „Lasse allen Ärger los und erlebt dann, wie

schön das Leben danach wird". Macht diese Erfahrung selbst, überprüft es selbst, glaubt mir nicht einfach nur so, was ich sage. Überprüft es selbst. Und nun lasst uns eine kleine Pause machen."

Das war eine gute Idee, denn es war mir peinlich in dieser Runde nach einer Zigarettenpause zu fragen, aber so langsam meldete sich meine Nikotinsucht zu Wort. Daher schlüpfte ich schnell in die Schuhe, nahm mir die Jacke und stellte mich vor die Haustür. Zu meiner Überraschung kam Monique auch dazu. „Du rauchst auch?", fragte ich erleichtert. „Man kommt sich hier ja echt fehl am Platz vor, wenn man noch so ein Laster hat", sagte ich während ich ihr Feuer anbot. „Ach weißt du", gab Monique zu bedenken, „wer selbst nie erlebt hat, wie heftig eine solche Gewohnheit ist, kann sich auch kein Urteil darüber bilden, wie schwer es ist, diese wieder zu lassen. Ich habe wirklich Hochachtung vor jedem, der das Rauchen wieder aufgegeben hat. Bei mir ist es noch nicht so weit, aber irgendwann werde ich damit aufhören. Bis dahin genieße ich jedoch jede Zigarette", sagte sie und nahm einen tiefen Zug. „Würde ich bei jeder ein schlechtes Gewissen haben, würde mich das energetisch doch nur runterziehen. Mit so schlechten Gefühlen schaffe ich es dann garantiert nicht, aufzuhören. Daher genieße ich lieber jede Zigarette, die ich rauche und irgendwann ist dann der Zeitpunkt, wo ich davon ablassen kann. Dann wird es mir auch gelingen, denn ich weiß es gab eine Zeit, in der ich das genossen habe, und davon kann ich dann zehren."

Ich musste lächeln, denn eine solche Beschreibung konnte wirklich nur ein Raucher verstehen. Unwillkürlich stellte ich mir die Gesichter meiner Nichtrauchenden-Bekannten vor, während ich ihnen erklärte, dass ich mit Genuss rauchen würde. Bei der heutigen Ächtung von Rauchern sicher kein leichtes Unterfangen. Vielleicht sollte man den Menschen auch mal die schädigende Wirkung von Alkohol klar machen oder die Wirkung, die von der Ernährung ausgeht, die die meisten Menschen bei uns haben. Das bedachte kaum jemand. Alkohol ist eine Modedroge bei uns und man ist eher „out", wenn man sie nicht konsumiert und wird gerne als „Spassbremse" bezeichnet. Es gibt viele Dinge, die dem Körper Schaden zufügen können. Bevor man andere ächtet, sollte man sich seine Fehler selbst offen ansehen. Meine Laster waren wohl der zu selten ausgeübte Sport, und dass ich rauchte. Wegen beidem schämte ich mich schon lange. Vielleicht sollte ich also Moniques Gedanken übernehmen, positiv darüber denken und wissen, dass ich dies irgendwann ändern würde.

Plötzlich wurde mir klar, dass dies auch eine Form des positiven Denkens war. Indem ich mich für jede gerauchte Zigarette schämte, machte ich mir nur wieder schlechte Gedanken. Sagte ich mir aber, dass ich jetzt die Zigaretten genoss, aber in der Zukunft damit aufhören würde, blieben gute Gefühle übrig.

Ich schrieb daher in mein Büchlein die Dinge, die ich heute Morgen gelernt hatte.

- **Gerade heute lasse ich allen Ärger los**
- **Wenn ich rauche dann mit Genuss!**

Nach der Pause erzählte uns Sabine mehr über die fünf Lebens-regeln, die Usui für das Reiki System aufgestellt hatte. „Die zweite Regel lautet: Gerade heute lasse alle Sorgen los.

Sich zu sorgen bringt nichts. Wir wissen nicht, was morgen ge-schieht, niemand kann das mit Gewissheit sagen. Sich also dar-über Sorgen zu machen heißt, sich Gedanken über etwas zu machen, das man nicht beeinflussen kann. Es ist in Ordnung, jetzt Weichen für seine Zukunft zu stellen, indem man etwa für die Rente etwas zur Seite legt. Es bringt aber nichts, sich in Sor-gen zu ergehen. Wenn man glaubt, es sei zu wenig, was man macht, dann macht man eben mehr.

Wenn man jedoch nicht noch mehr sparen kann, dann hilft es auch nicht, wenn man sich deshalb sorgt. Dieses Sorgen führt doch nur dazu, dass man schlecht schläft, dass man unkon-zentriert ist und permanent an etwas Schlechtes denkt, das in der Zukunft geschehen könnte. Genau das ist doch der Punkt. Es könnte geschehen. Wer weiß denn, ob es so kommt? Vielleicht gewinnt man im Lotto, oder hat das Geld so geschickt angelegt, dass es sich vermehrt und wirklich reicht, wenn man älter ist. Oder aber man stirbt, bevor man in Rente kommt. Wer von uns weiß schon, was die Zukunft bringt? Sich also darum zu sorgen wäre einfach sinnlos. Daher lasst gerade heute alle Sorgen los.

Wenn sie auftauchen, seht sie euch an, betrachtet sie vernünftig, trefft Entscheidungen, wie beispielsweise eine Vorsorge für das Alter zu machen, und dann lasst die Sorgen wieder los.

In dem schlechten Gefühl, das man hat, wenn man sich der Sorge ergeben hat, ist man ohnehin nicht in der Lage, effektiv zu denken. Das ist wie mit dem Sich-Schlecht-Fühlen. Auch da konnte man nicht so effektiv agieren. Bei der Sorge verhält es sich genauso. Lasst sie los und dann handelt sinnvoll, aber sorglos."

Ja, auch das kannte ich. Ich sorgte mich ja auch, ob mein Gehalt reichte und ob ich es schaffte, meine Schulden abzubezahlen. Die Kosten für das Reiki-Seminar schlugen auch heftig in mein ohnehin schon knappes Budget ein, aber das nahm ich in Kauf, weil ich das Gefühl hatte, dass dies hier aus irgendeinem Grund gut für mich sei. Und tatsächlich, ich hatte den Eindruck, dass meine Sichtweise ein wenig geändert wurde. Es war, als wäre ich bisher mit Scheuklappen durch das Leben gegangen und nun wurden diese gerade entfernt. Mein Blickfeld weitete sich auf und das bereicherte meine Fähigkeit, mir über die Dinge Gedanken zu machen, ungemein. Gebannt lauschte ich weiter, während mein Blick teilweise ganz starr auf Sabine hing und ich die flirrende Luft sah, die in einer dünnen Schicht über ihrem Körper hing. Es sah aus, als würde warme Luft aufsteigen und ich fragte mich, ob ihr wohl heiß sei. Dabei schaute ich sie etwas genauer an, stellte meine Augen wieder scharf und das Bild der flirrenden Luft verschwand wieder.

„Gerade heute sei dankbar", setzte Sabine ihre Ausführungen fort: „Dankbarkeit ist etwas Wunderschönes. Sie macht uns bewusst, was wir alles erhalten und wenn man seine Aufmerksamkeit mal darauf lenkt, kann man sehen, wie viel wir wirklich bekommen. Ich habe mir angewöhnt, jeden Abend für alles zu danken, was ich heute erhalten habe. Am Anfang fielen mir da nur ganz wenige Dinge ein, aber mit der Zeit habe ich die Aufmerksamkeit darauf gelenkt und es wurde mehr und mehr. Denkt mal nach, fällt euch etwas ein, für das ihr heute dankbar sein könnt?"

Im Geiste ging ich noch einmal den heutigen Tag durch. Ich wachte auf und fühlte mich ausgeschlafen, dafür konnte man dankbar sein, denn das war ja nicht immer so, und sich unausgeschlafen zu fühlen war auch kein schönes Gefühl. Dann hatte ich die Lebensmittel für ein leckeres Frühstück daheim, auch das weckte meine Dankbarkeit. Immerhin konnte ich mir das Essen leisten. Ich freute mich schon morgens auf den Tag und das Seminar, auch das war es wert, dafür dankbar zu sein. Als ich losfuhr, ging gerade die Sonne auf und tauchte den fast wolkenlosen Himmel in ein tiefes Orange. Ein wunderschönes Spiel aus Licht und Farben, welches mich mit einem herrlichen Gefühl des Glücklichsein erfüllte. Die Autobahn war zwar voller, aber ich kam doch noch rechtzeitig an, auch ein Grund für Dankbarkeit. Dieses schöne Gefühl der inneren Ruhe, das mich sofort in dem Raum hier überkommen hat, die liebevolle Art von Sabine.

Mir fielen auf einmal immer mehr Dinge ein, für die ich dankbar sein konnte.

„Dankt bei jeder Gelegenheit" sagte Sabine. „Egal, wem ihr dafür dankt. Ob es für euch Gott ist, dem ihr Danke sagt oder dem Universum oder an was auch immer ihr glaubt. Dankt einfach und merkt so mit der Zeit, dass ihr immer mehr Dinge anzieht, für die ihr dankbar sein könnt. Dadurch, dass ihr eure Wahrnehmung etwas verschiebt und eure Aufmerksamkeit auf das richtet, was euch dankbar macht, zieht ihr diese Dinge an. Beachtet ihr diese drei Regeln von Usui, verschiebt sich eure Wahrnehmung von Angst und Sorge zu Aufmerksamkeit, aber auch dem Erleben wundervoller Dinge, die euch zutiefst dankbar sein lassen.

Sabine fuhr schon fortwährend ich noch in meinen Gedanken war: „Gerade heute erfüllen mich meine Aufgaben", die vierte der Lebensregeln, vertieft diese Denkweise noch. Jeder von uns hat Dinge, die er täglich tun muss. Zur Arbeit gehen, die Kinder versorgen, die Wohnung in Schuss halten, einkaufen, kochen, putzen und vieles mehr. Nicht immer macht uns das Freude. Wir können jedoch lenken, wie viel Mühe uns etwas macht und ob wir es als lästige Pflicht sehen, über die man erst stundenlang lamentiert und sie schließlich ja doch erfüllen muss. Oder ob wir uns ans Werk machen, es so gut wie möglich erledigen und unsere Aufmerksamkeit dann auf Dinge lenken, die wir gerne tun. Unsere Einstellung bestimmt auch unsere Gefühls-

welt. Um möglichst gute Gefühle zu haben, sollte man die auch auf das Positive ausrichten."

„Ich kenne das", warf ich in die Runde: „Ich hasse es zu bügeln!" „Oh ein gutes Beispiel, erzähl mal wie das abläuft", fragte mich Sabine und ich fuhr fort. „Nun ja, ich schiebe es erstmal auf, stetig kommt dann neue Wäsche dazu und der Korb steht im Wohnzimmer. Normalerweise sehe ich ihn tagelang, und so erinnert er mich ständig daran, dass ich schon wieder mal bügeln muss. Das nervt mich, denn ich tue es ja wirklich nicht gerne. Aber klar, ich wohne alleine, ich muss es ja tun. Es ist niemand sonst da, der es mir abnehmen könnte. Also überwinde ich mich doch irgendwann und mache es. Dabei ist mir dann langweilig. Ich schaue ständig auf die Uhr und die Zeit verstreicht in meinen Augen sinnlos, während ich versuche, Falten rauszubügeln. Oft aber mache ich welche rein, was mich wiederum wütend macht." Ich machte eine Pause und lächelte: „Aber nun weiß ich ja, dass ich den Ärger loslassen kann und es mir dann besser geht", lächelte ich in die Runde.

Sabine fügte hinzu: „Nicht nur den Ärger kannst du loslassen. Schau dir einfach mal an, was du da tust. Du lässt den Wäschekorb tagelang herumstehen. Jedes Mal, wenn du ihn siehst, erinnert er dich an eine ungeliebte Tätigkeit. Jedes Mal bekommst du also in dem Moment schlechte Gefühle. Du holst dir also eine extra Portion schlechter Gefühle ab, auf die du wirklich hättest verzichten können."

Verlegen kratzte ich mich am Kopf. Ganz unrecht hatte Sabine ja nicht. Aber ich wollte doch nicht bügeln. Das nervte mich doch. „Stattdessen hoffst du, dass der Bügelkorb auf wundersame Weise verschwindet und deine Wäsche glatt und sauber gelegt im Schrank ist – oder?" Jetzt musste ich lachen. Zugegeben, ich hoffte darauf, aber realistisch betrachtet geschieht so etwas nicht. Sabine fuhr fort. „Dir bleibt doch gar nichts übrig als es selbst zu machen. Tust du es rasch, dann sparst du dir jede Menge schlechter Gefühle beim Betrachten des Korbes. Du kannst dir die Arbeit auch leichter machen, wenn du nicht so viel ansammelst. Dann kommt dir die Zeit, die du aufwendest nicht so unendlich viel vor und es kann passieren, dass du sie gar nicht mehr wahrnimmst. Leg dir doch auch gute Musik auf oder eine Hör-CD während du bügelst. So belohnst du dich bei einer Tätigkeit, die du nicht magst. Damit produzierst du dir auch beim Bügeln gute Gefühle." Sabine hatte wirklich Recht. Bei mir stand der Bügelkorb lange rum und jedes Mal, wenn ich daran vorbei ging, stöhnte ich und dachte an das doofe Bügeln, das ich noch machen musste. Ich nahm mir fest vor, Sabines Ratschlag beim nächsten Mal in die Tat umzusetzen und notierte mir die neuen Erkenntnisse in mein Büchlein:

- **Gerade heute lasse alle Sorgen los**
- **Gerade heute sei dankbar**
- **Gerade heute erfüllen mich meine Aufgaben**
- **Ich achte auf gute Gefühle beim Bügeln, indem ich mir eine Hör-CD einlege**

„Als letzte Lebensregel gilt noch: Gerade heute liebe und achte ich alle Wesen. Begegnet allem mit Respekt und Achtung, dann ergibt sich auch eine Liebe für alles wie von selbst. Versucht nicht, euch zu der Liebe zu zwingen, denn dann unterdrückt ihr etwas und das führt nie zu dem wahren Gefühl der Liebe. Wenn ihr jemanden nicht mögt, zwingt euch daher nicht, ihn zu lieben, aber ihr könnt ihn ja zumindest achten und respektieren, während ihr ihn seinen Weg gehen lasst und ihr euren Weg geht.

Gerade unser christlich geprägtes Weltbild impft uns mit dem Bibelzitat: „Liebe deinen Nächsten" ein, dass wir um jeden Preis die Menschen lieben müssten. Das hat bisher nicht funktioniert, denn noch immer führt die Menschheit Kriege und tötet sich gegenseitig. So weit weg muss man jedoch gar nicht schauen.

Wir haben in unserer Umgebung auch Menschen, die wir beim besten Willen nicht lieben können. Sich dann zu der Liebe zu zwingen, würde eine geheuchelte Liebe produzieren und das bringt niemandem etwas. Aber auch Menschen, die einen anderen Weg eingeschlagen haben, kann ich respektieren. Darum geht es. Respektiert die anderen Menschen, wisst, das jeder Wünsche und Bedürfnisse hat und auch das Recht, diese zu haben. Achtet darauf, die Bedürfnisse anderer Menschen zu respektieren. Tretet sie nicht absichtlich mit Füßen. Aber achtet auch auf euch selbst. Respektiert auch eure Wünsche! Leider tun das viele Menschen nicht, gerade die, die sich bemühen, liebevoll mit anderen umzugehen, vernachlässigen sich selbst

dabei. Wer sich jedoch selbst nicht achtet, wird niemals vollständige Achtung für andere aufbringen können.

Das Bibelzitat von vorhin geht nämlich noch weiter. Liebe deinen Nächsten – wie dich selbst. Liebt ihr euch denn?" Sabine schaute in die Runde, niemand antwortete ihr. Nacheinander fragte sie nun jeden Einzelnen: „Liebst du dich?" Die Antworten reichten von: „Ich mag mich" über „Es geht so", bis zu „Ja, ich denke schon". Ich fand nicht, dass man sich lieben sollte. Es gab doch schon so viele Egoisten auf der Welt, warum sollte ich nun auch noch dazu gehören? Als hätte sie meine Gedanken gelesen, schaute Sabine zu mir. „Wie ist es bei dir, liebst du dich Lisa?" Ich beschloss meine Bedenken zu äußern. „Damit habe ich ein Problem. Zu viele Egoisten habe ich schon kennengelernt. Zu viele Menschen, die sich über alles liebten. Die waren nicht gut zu anderen und haben meine Bedürfnisse dann oft mit Füßen getreten, um ihre durchzusetzen. Nein, ich denke nicht, dass ich mich lieben sollte." Entfuhr es mir. Sabine lächelte mich eigentümlich an. „Ich denke, ich verstehe, was du meinst Lisa. Diese Menschen von denen du sprichst, liebten sich zwar, aber sie respektierten und achteten niemanden sonst. Würden sie aber andere so lieben, wie sie sich schon lieben, dann wäre es doch perfekt. Es geht hier nicht darum, in einem Extrem zu bleiben, es geht um die Ausgewogenheit. Liebe deinen Nächsten wie dich selbst. Es heißt weder, liebe dich mehr als alle anderen, noch, dass alle anderen mehr Liebe verdienten als du selbst. Es heißt, dass du die anderen so lieben sollst, wie du dich

liebst. Liebst du dich nicht richtig, dann kannst du auch die anderen nicht richtig lieben. Aber gerne darfst du lernen, dich und andere mehr und mehr zu lieben.

Würde sich jeder Mensch lieben und alle anderen respektieren, achten und lieben, dann gäbe es keinen Egoismus mehr, aber auch das Gegenteil, den Altruismus, hätten wir nicht mehr. Altruisten sind Menschen, die sich selbst aufopfern und das bringt eben auch nichts."

Das musste ich nun wirklich erstmal verdauen und so war ich froh, als die Mittagspause begann. Eifrig schrieb ich in mein sich schnell füllendes Büchlein:

- **Gerade heute liebe und achte ich alle Wesen**
- **Ich liebe mich genauso wie ich jeden anderen liebe**

Zwar fiel es mir noch schwer mich zu lieben, aber ich würde es lernen. Es stimmte, was Sabine gesagt hatte. Wie kann man alle Menschen lieben, aber nicht auf sich selbst achten? Wie sollte man alle Menschen lieben, aber sich selbst nicht? Das ging nicht. Daher wollte ich von nun an den Weg finden, weg von zu wenig Eigenliebe hin zu sich lieben. Ich wollte den Weg finden und weg davon kommen es allen recht zu machen und ihnen den Himmel auf Erden zu bereiten, aber dabei nicht an mich zu denken. Über all das dachte ich nach, während ich in der Mittagspause einen Spaziergang im nahen Wald machte.

Am Nachmittag zeigte uns Sabine, wie man Reiki gibt. Wichtig ist dabei die eigene Einstellung, erklärte sie uns. Man bittet darum, dass Reiki zum höchsten Wohle des Empfängers fließen soll. Diese Geisteshaltung war ihr genauso wichtig, wie das Verbot, Reiki jemandem gegen seinen Willen zu geben. Reiki, so sagte sie uns, ist eine intelligente Kraft, die immer dorthin fließt, wo sie gebraucht wird. Sie löst auch nur das aus, was der Empfänger gerade braucht, was gerade für ihn gut ist. Etwas anders kann damit nicht geschehen, sofern wir nicht gegen den Willen des Reiki-Empfängers agieren und Reiki nur zum höchsten Wohle spenden. Es erschien ihr so wichtig, dass ich diese beiden Dinge akzeptierte ohne sie weiter zu hinterfragen.

Wir fingen an, uns gegenseitig Reiki zu geben. Während der Empfänger bequem auf der Liege liegt, steht der Reiki-Geber daneben und legt seine Hände auf. Diese Position hält er drei Minuten lang, während die Energie durch den Geber zum Empfänger fließt. Dabei gibt man nicht die eigene Energie, sondern der Geber „zapft" die Universelle Energie an, wird selbst dabei aufgeladen und gibt sie dann an den Empfänger weiter. Daher fühlt man sich nach dem Reiki geben auch nicht leer oder ausgelaugt, denn die eigene Energie wird nicht verbraucht.
Während wir uns also gegenseitig auf den verschiedenen Positionen Reiki gaben, nahm Sabine einen nach dem anderen in den Nebenraum mit, um ihn einzuweihen. Wir waren alle ein wenig nervös, weil niemand wusste, wie die Einweihung verläuft und was dabei genau geschieht.

Ich begann daher, meiner Partnerin Reiki zu geben und hielt die Hände einige Zentimeter über ihr Gesicht, während ich zur Uhr schielte um die drei Minuten abzupassen. Diese drei Minuten zogen sich unendlich. Die Zeit schien still zu stehen während - nichts geschah. Keine Wärme war zu fühlen, kein Kribbeln in meinen Händen, einfach gar nichts. Alles was ich fühlte waren meine Arme, wie sie schwerer und schwerer wurden und ich das Ende dieser endlos erscheinenden Minuten herbeisehnte.

Endlich kam die nächste Position, an der ich die Hände sanft auf die Schläfen auflegen konnte, aber auch hier fühlte ich rein gar nichts. Einzig die Minuten schienen still zu stehen. Ich war noch nie sonderlich geduldig und langweilte mich immer rasch. Daher beschäftigte ich mich ständig mit irgendetwas. Wenn ich alleine daheim war, schaltete ich den Fernseher ein, um Unterhaltung zu haben. Dabei musste ich nicht davorsitzen, er konnte auch einfach so laufen. Ruhe und Stille waren mir ein Gräuel, und ich vermied sie wo ich nur konnte. Für mich ist es einfach langweilig in der Ruhe. Diese drei ruhigen Minuten waren daher schrecklich für mich.

Während ich also Reiki gab, nahm Sabine einen nach dem anderen zu der Einweihung in den Nachbarraum. Endlich war ich an der Reihe und wurde beim Reiki-Geben von einer anderen Teilnehmerin abgelöst, während ich erleichtert über die Abwechslung Sabine in den Nachbarraum folgte. „Wasch dir noch die Hände, damit die Verbindung, die du durch das Reiki geben auf-

gebaut hast, auch wieder unterbrochen wird", sagte sie und zeigte mir den Weg ins Badezimmer. Manche dieser Regeln waren mir wirklich unverständlich, doch ich nahm sie an und folgte ihnen.

Im Einweihungszimmer angekommen, durfte ich mich auf einen Stuhl setzen, der in der Mitte des Raumes stand. Davor lag eine Decke auf dem Boden. „Bei der Einweihung bekommst du auf eine ganz besondere Art Reiki von mir. Schließe deine Augen und nimm eine Haltung des Empfangens an. Wenn ich fertig bin, läute ich ein Glöckchen", sagte Sabine. Dann hörte ich wie sie hinter mir im Raum stand und nach einer Weile dichter kam. Nichts geschah bei mir. Ich fühlte mich nicht anders als sonst. Dummerweise fing jedoch mein Hals an zu kratzen. Mehr und mehr hatte ich das Gefühl heftig husten zu müssen. Ich wollte die Stille aber nicht mit meinem Geräusch stören, so versuchte ich dieses Gefühl herunterzuschlucken. Doch es kratzte immer mehr und mehr und durch das Kratzen kamen Tränen in meine Augen. „Wie peinlich", dachte ich und kämpfte weiter gegen den Hustenreiz an. Als ich Sabines Hände auf meinen Fußrücken fühlte, hörte das schreckliche Gefühl in meinem Hals endlich auf.

Ihre Hände waren warm, aber nach wie vor fühlte ich nichts beim Auflegen. Als das Glöckchen läutete, öffnete ich die Augen und Sabine saß vor mir und schaute mich liebevoll an. „Wie geht es dir?", fragte sie. „Gut, danke", erwiderte ich. Was hätte ich auch sagen sollen, es ist ja nicht wirklich etwas geschehen.

„Was hast du denn während der Einweihung gefühlt oder gese-hen?" Ich musste lächeln. Was hätte ich wohl sehen können, wenn ich doch die Augen geschlossen hielt? Na und gefühlt hat-te ich auch nichts. Das Halskratzen war ja übermächtig gewe-sen. Aber ich schämte mich ein wenig das Sabine so zu sagen. „Ich war ein wenig abgelenkt gewesen, weil mein Hals so kratz-te" brachte ich schließlich stockend hervor. „Bist du denn erkäl-tet?", wollte Sabine wissen. „Ich fühle mich nicht danach, aber dieses Kratzen habe ich schon ab und an. Es ist nie schlimm, es verschwindet ja rasch wieder", sagte ich und wich Sabines selt-samen Blick aus. „Na gut, weißt du, man muss auch nicht wirk-lich etwas sehen oder fühlen bei der Einweihung, die geschieht und wirkt unabhängig von unserer Wahrnehmung", sagte Sabi-ne und entließ mich wieder zu den anderen.

Ich ging wieder zurück in den Seminarraum und setzte meine Reiki spende fort. Das also war die Einweihung? Ich fühlte mich überhaupt nicht anders als vorher. Auch das Reiki Geben fühlte sich noch genauso an. Verstohlen schaute ich zu den anderen. Ob die mehr fühlten? Es war mir immer peinlich, wenn ich et-was nicht so gut konnte wie andere. Bei Reiki wusste ich noch nicht, was richtig war und wann man es besonders toll machte. Das machte mich wirklich unsicher. Daher probierte ich mich mal auf das Geben des Reiki zu konzentrieren. Allerdings konnte ich nichts gegen die Gedankenflut in meinem Kopf machen. Konnte es vielleicht sein, dass es gar nicht wichtig war wie ich fühlte und was ich bei Reiki fühlte, fragte ich mich? Vielleicht war ja alles in Ordnung, weil es für jeden ein wenig anders war.

Die Frau, der ich Reiki gab, fand es ziemlich toll, wie sie sagte. Sie meinte, es war sehr entspannend und sie habe viel Energie in meinen Händen gefühlt. Ich jedoch hatte gar nichts gespürt. Nur meine nicht enden wollenden Gedanken, die mich beschäftigten, waren präsent gewesen.

Endlich war ich mit dem Geben fertig und durfte mich selbst hinlegen und Reiki empfangen. Das tat gut und ich entspannte mich ein wenig. Die Hände, die auf mir lagen, fühlten sich sehr warm an, und meine Gedanken kamen ein wenig zur Ruhe. Besonders schön fühlten sich die Hände auf meinem Bauch an. Es gab mir ein Gefühl der Geborgenheit, und ich entspannte mich noch mehr und genoss die Reiki-Spende. So lange es dauerte, jemandem Reiki zu geben, so schnell ging es vorbei, als ich es empfing. Da hätte ich viel länger liegen können. Es war wirklich entspannend.

Viel zu schnell war auch der Tag zu Ende gegangen. „Legt euch heute Abend die Hände auf und schaltet Reiki ein. Wenn ihr möchtet, könnt ihr auch aufschreiben, wofür ihr dankbar seid, damit euch dieses bewusster wird. Wir sehen uns morgen früh wieder", sagte Sabine und verabschiedete uns.

Abends in meinem Bett blätterte ich in meinem Büchlein. Da stand schon jede Menge drin auf das ich künftig achten wollte.

Das mit dem Rauchen ging schon ganz gut. Ich hatte mir den ganzen Tag kein schlechtes Gewissen mehr gemacht, wenn ich rauchte. Der Entschluss, eines Tages damit aufzuhören, wurde in der Tat dadurch nur gestärkt. Ich fand, dies sei auch ein Stück

Verantwortung, welche ich von nun an für mich übernehmen wollte.

Die Reiki Regeln würde ich von nun an jeden Tag ansehen und mir darüber Gedanken machen. Sabine hatte Recht, solche Dinge lebten davon, dass man sie anwendet. Wenn man nur zuhört und versteht, kann man es noch lange nicht wirklich.

Das kannte ich noch aus meiner Schulzeit. Ich war damals ziemlich gut in Mathematik gewesen und brachte den anderen gerne Algebra bei. Mir fielen dabei mehrere Stufen des Lernens auf. Sie gingen über verstehen, verinnerlichen, anwenden, variieren bis hin zu lehren:

1. zuerst versteht man den Stoff - **verstehen**
2. danach verinnerlicht man ihn - **verinnerlichen**
3. bis man ihn schließlich anwenden kann - **anwenden**
4. lernt man noch weiter, kann man dieses Wissen auch variieren - **variieren**
5. und die Krönung ist, wenn man es anderen erklären kann. - **lehren**

Die meisten glaubten, es sei genug, wenn sie die erste Stufe erreicht hatten. Und in der Tat hat man auf dieser Ebene das gelernte *verstanden*. Aber eben auch nur verstanden. Verinnerlicht, adaptiert und anwendbar wurde es dadurch noch nicht.

Diese Art des Lernens führt dann dazu, dass der Stoff nach kurzer Zeit wieder vergessen ist, schließlich wurde er nur *verstan-*

den. Wenn man sich dann jedoch eine Weile damit beschäftigt, dann verinnerlicht man den Stoff. Nun behält man ihn auch über eine längere Zeit, da er im Langzeitgedächtnis abgespeichert ist.

Von da zur nächsten Stufe ist es oft nur ein kleiner Schritt. Wer ihn ging, konnte die Matheaufgaben damals im täglichen Leben auch anwenden und kam so ganz leicht auch zum vierten Schritt, der Variationsfähigkeit. Aber erst wenn man es anderen strukturiert erklären kann, dann hat man wirklich verstanden worum es geht.

Bei den Dingen, die mir Daya und Sabine erklärt hatten, war ich bislang auf Stufe eins. Ich wusste, dass ich nun regelmäßig üben musste, das Wissen auch zu verinnerlichen und es anzuwenden.

Mir war nun klar, woran ich als nächstes arbeiten würde. Ich hatte viel zu tun, durfte meine Einstellung ändern und beginnen, mich zu lieben. Ein weiter Weg lag vor mir, doch ich war entschlossen, ihn zu gehen. So begann ich mir die Hände aufzulegen und mir Reiki zu geben. Das letzte, woran ich mich erinnerte, waren meine Reiki-Hände auf meinem Bauch, dann bin ich wohl eingeschlafen.

Am nächsten Morgen war ich überpünktlich, denn ich freute mich eigentümlich auf den neuen Seminartag. Erneut starteten wir im Kreis sitzend und Sabine bat uns zu erzählen, wie es uns ergangen ist. Manche hatten heftige Träume gehabt, andere

etwas Besonderes bei der Einweihung erlebt. Für wieder andere war das Reiki-Geben etwas sehr Schönes gewesen. Meine Erlebnisse waren so unspektakulär, dass ich mich ein wenig schämte sie zu erzählen. „Bei der Einweihung hatte ich ja nichts gefühlt, weil ich so einen Hustenreiz hatte. Das Reiki-Geben gestern fiel mir schwer, da sich die Minuten endlos hinauszogen. Als ich jedoch Reiki bekommen hatte, fand ich das sehr schön und hätte noch viel mehr davon genießen können. Gestern abend bin ich beim Reiki-Geben eingeschlafen und habe traumlos wie immer tief und sehr gut geschlafen", sagte ich wahrheitsgemäß. Sabine erklärte mir dazu folgendes „Jemandem Reiki zu geben kann auch am Anfang ein wenig mühsam sein. Du musst erst die Position finden, mit der du bequem an der Liege stehen kannst. Auch die richtige Höhe der Liege ist entscheidend. Nicht zuletzt kann ich mir bei dir vorstellen, dass du permanent dabei denkst und überlegst" traf Sabine den Nagel auf den Kopf. Ich nickte verlegen und verzog das Gesicht. Sie lächelte mich an: „Mit der Zeit wird es dir leichter fallen, die Gedanken zur Ruhe kommen zu lassen. Versuch einfach in den drei Minuten die Stille und Ruhe zu fühlen. Sei dir bewusst in dem Augenblick, lass es zu, lass es geschehen. Wenn Gedanken kommen, bedanke dich dafür und bitte sie, weiter zu ziehen. Es kostet ein wenig Übung, aber ich bin sicher mit der Zeit schaffst du das. Vielleicht hilft dir das weiter." nickte sie mir aufmunternd zu. Es half zumindest, dass ich mir jetzt nicht mehr so schlecht vorkam.

„Ich möchte euch heute etwas über die Chakren erzählen und die Energie, die in unserem Körper ist," begann Sabine ihre neuen Ausführungen und schon wieder war ich in den Bann ihrer Erzählungen gezogen. „Der Begriff Chakra kommt aus dem Indischen und bezeichnet einen Energiewirbel. In unserem Körper fließt unaufhörlich Energie. Wir nehmen auch ständig Energie auf und können sie auch wieder abgeben. Das geschieht meist über die Chakren. Wenn ihr Reiki anschaltet, fließt die Energie über euren Kopf in euch und über die Hände wieder hinaus.

Die Stelle am Kopf gehört zu den sieben Hauptchakren. Es ist das *Kronenchakra* und stellt die Verbindung zu der universellen Energie dar. Man bezeichnet es auch als siebtes der sieben Hauptchakren, denn man zählt sie von unten nach oben. Es gibt Menschen, die sehen die Wirbel der Chakren und können da sogar unterschiedliche Farben wahrnehmen. Das erste Chakra strahlt vom Körper zwischen den Beinen nach unten. Es ist das *Basischakra* und ihm wird die Farbe rot zu geordnet. Wenn es verschlossen ist, dann leiden die Menschen unter Ängsten, die ihr Überleben betreffen. Sie haben akute Angst, zu verhungern oder zu verdursten. Ihr unmittelbares Überleben scheint ihnen bedroht. Öffnet man das Chakra wieder, sehen sie viel klarer und treten aus diesen Ängsten leichter raus.

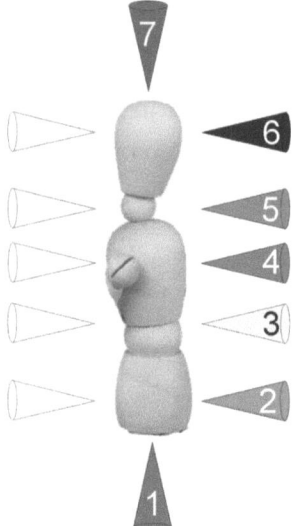

Das zweite Chakra ist das *Sakral-chakra* und befindet sich am Unter-bauch. Es wird wichtig, wenn unser Überleben gesichert ist. Dann nämlich entwickeln wir einen Sinn für Spiel, Spass und Freude. Das geschieht erst, wenn das erste Chakra genügend Energie hat. Wer gerade am Verhun-gern ist, hat natürlich nicht viel Lust auf Spielen.

Im zweiten Chakra, dem die Farbe orange zugeordnet ist, kommt das Kindliche durch. Ein Kind kann sich über Spiele freuen, strahlt seine Lebensfreude ganz unmittelbar aus, etwas, das wir Er-wachsene sehr oft nicht mehr tun. Ist das zweite Chakra weit geöffnet, lebt man seine Freude, den Spass am Leben wieder richtig aus. Man macht auch mal einen Purzelbaum in der Wie-se, wenn einem danach ist. Es ist das Kind in uns, das leben darf, wenn das zweite Chakra voll geöffnet ist. Zu dem Spaß gehört es auch, seine Sexualität frei zu genießen. Etwas, das viele Menschen heute gar nicht so gut können. Sich wirklich genießen dabei und nicht, wie wir Frauen das ja gerne mal tun, darüber nachdenken, ob der Partner uns so wie wir sind über-haupt schön findet. Solche Gedanken sind natürlich fatale Lust-killer und nehmen uns den Spaß gehörig weg. Wer so denkt, tut gut daran, sich immer mal wieder Energie auf sein zweites

Chakra zu geben. Dies hilft, um die Freude wieder im Leben zu manifestieren.

Das dritte Chakra, das *Solarplexus Chakra*, liegt oberhalb des Nabels. Hellsichtige Menschen sehen es gelb leuchten. Wenn das Überleben gesichert ist (erstes Chakra) und man sich Freude gönnt (zweites Chakra) kommt die Frage, wer man selbst ist. Was steht einem selbst zu? Die eigene Macht oder auch Ohnmacht wird bewusst. Demut und Kraft finden hier ihren Ausdruck. Störungen in diesen Dingen zeigen immer Störungen im Chakra und können über dieses auch geheilt werden. Der reine Egoist wird ein überkräftiges drittes Chakra haben. Der Mensch, der immer macht was andere wünschen, wird ein unterentwickeltes Solarplexus Chakra aufweisen. Das Erkennen der eigenen Person, das Ich-Sein, ist Thema in diesem Chakra.

Das vierte Chakra, das *Herzchakra*, liegt im Brustraum über dem Herzen. Es wird grün oder auch rosa gesehen und drückt die allumfassenden Liebe aus. Ist es vollends geöffnet, wird man Liebe zu sich und allem fühlen. Diese Liebe strahlt aus den Tiefen des Seins aus. Wir kennen diese Liebe vielleicht, haben sie möglicherweise erfahren durch die Mutterliebe. Sie ist sehr intensiv und kann zu Tränen des Glücks rühren.

Das fünfte Chakra nennt man auch *Kehlchakra*. Es ist am Hals und wird in einem hellen Blau gesehen. Ist es nicht ganz geöffnet, wird man Probleme damit haben, seine Bedürfnisse auch

auzudrücken. Beispielsweise, indem man einfach nicht „Nein"
sagen kann. Dieses Chakra zu stärken kann helfen, den eigenen
Wünschen und Bedürfnissen auch Ausdruck zu verleihen.
Krankheiten, oder auch nur Befindlichkeitsstörungen am Hals
zeigen ein Ungleichgewicht in diesem Chakra an".

Mir fiel ein, dass ich bei der Einweihung ein heftiges Halskratzen
verspürt hatte. Schlagartig wurde mir bewusst, was dies bedeutete. Es fiel mir schon immer sehr schwer, „Nein" zu sagen,
wenn ich um etwas gebeten wurde. Ich war stets bemüht, es
jedem recht zu machen. Meine eigenen Bedürfnisse wurden
dabei jedoch unterdrückt. Das Halskratzen bei der Einweihung
zeigte mir genau diese Problematik an. Mein Innerstes hatte
eine Möglichkeit gefunden, mir mitzuteilen, was ich noch verbessern konnte. Nein zu sagen und damit auch Grenzen zu setzen, hatte etwas damit zu tun, wie sehr ich mich liebte. Wenn
ich mich nicht liebte, aber versuchte es allen anderen recht zu
machen und ihre Wünsche zu erfüllen, dann sagte ich nicht
„Nein". Dann blockierte ich mir mein fünftes Chakra selbst. Ich
drückte nicht aus, was ich wirklich will. Ein „Nein" kommt mir
nicht über die Lippen. Einzig mein Kratzen erinnert mich daran,
was ich wirklich hätte tun und sagen wollen. Ich nahm mir vor,
von nun an darauf zu achten, was ich wirklich wollte und dies
dann auch zu tun. Sofort schrieb ich auch das in mein Büchlein.

- **Ich achte darauf was ich wirklich will**

Sabine fuhr fort: „Das *dritte Auge* ist das sechste Chakra. Es sitzt auf der Stirn und wird meist Indigoblau gesehen. Selten ist es geschlossen, denn es ist die Intuition, die uns leitet. In dem Maße, wie die anderen Chakren gereinigt und geöffnet werden, wächst es jedoch mit und der Mensch wird immer intuitiver.

Das *Kronenchakra* schließlich strahlt nach oben ab. Es verbindet uns mit der universellen Energie, dem göttlichen Aspekt. Auch dieses Chakra ist selten geschlossen und wächst mit der Öffnung der anderen mit. Meist wird es in strahlendem weiß gesehen, aber auch Goldtöne sind möglich." Sabine machte eine kleine Pause und schaute in die Runde, bevor sie fortfuhr.

„Durch die Einstimmungen in Reiki werden eure Chakren gereinigt und geöffnet. Das heißt aber nicht, dass sie damit auch ihr maximales Potential erreicht haben. Dies geschieht mit der Zeit und analog zu eurer persönlichen Entwicklung", fuhr Sabine nun mit ihren Ausführungen fort. „Ihr fragt euch vielleicht, was euch das Wissen um die Chakren bringt. Mir jedenfalls ging es so, als ich dies zum ersten Mal hörte.

Die Chakren sind zum einen natürlich wichtig, um uns mit der uns umgebenden Energie zu verbinden. Das tut ihr von nun an, da ihr euch oft und viel Reiki gebt. Möglich ist das auch, indem ihr die Hände auf die Chakren legt und über sie den Körper mit der Energie füllt. Das geht schneller als eine Ganzkörperbehandlung mit Reiki und kann jederzeit gemacht werden, wenn mal nicht so viel Zeit ist.

Das Prinzip der sieben Chakren finden wir im Leben immer wieder. Es ist ein Prinzip, das sich im Großen, wie im Kleinen immer wiederholt.

Stellt euch vor, wir lebten noch als Neandertaler. Damals galt das einzige Interesse dem Überleben. Essen zu finden war überlebenswichtig. Einen geschützten Platz für die Nacht zu finden auch. Für mehr blieb nicht wirklich Raum und so lebten die damaligen Menschen ganz bewusst in ihrem ersten Chakra.

Als die Menschen sich jedoch weiter zu entwickeln begannen und anfingen, Ackerbau und Viehzucht zu betreiben, da sorgten sie auch für geschützte Hütten, organisierten sich, stellten Nachtwachen auf und hatten so nicht nur mit dem nackten Überleben zu kämpfen. Man spezialisierte sich und gewann so Zeit, die man anders nutzen konnte. Nicht so viel wie wir heute haben, aber auch damals hatte man ein wenig freie Zeit. Man trennte den Beruf von der Freizeit ab. Plötzlich blieb Zeit für Spaß. In dieser Anfangszeit lebten sie wie kleine Kinder. Sorglos und mit viel Freude in den Tag. Was man wollte, nahm man sich. Das galt auch für die Sexualität. Moralvorstellungen in unserem Sinn gab es nicht, vielmehr war Sex ein Bedürfnis, das genauso befriedigt wurde wie Hunger oder Durst.

Aber die Menschen entwickelten sich weiter und entdeckten das dritte Chakra. Sie öffneten sich dafür und es fanden sich welche, die Macht hatten und sie auch ausübten. So gab es dann die Könige und das Volk, das ausführen musste, was die

Könige ihnen vorgaben. Die Könige und Fürsten wurden dann von Kirchenmännern ergänzt. Mehr und mehr gaben diese unser Weltbild vor und bestimmten, was wir tun durften und was nicht. Es ist sehr gut, sich mal darüber Gedanken zu machen, was die Obrigkeit uns alles an Richtlinien mitgab. Viele unserer Regeln und Normen gelten bis heute und sind aus dieser Zeit entstanden. Indem wir sie ungefragt beachten, dienen wir noch immer den Herren von damals.

Es wurde Macht ausgeübt und Macht missbraucht. Alles drehte sich darum, zu herrschen oder beherrscht zu werden. Herr oder Diener, etwas anderes gab es nicht. Klar, dass die große Masse diente und beherrscht wurde. Das weckte in dieser großen Masse natürlich den Wunsch, selbst mal zu herrschen und so entwickelte sich die Menschheit in dem dritten Chakra immer weiter. Am Anfang waren die Könige gottgleich. Ihre Macht wurde nicht in Frage gestellt. Gegen Ende dieses Zeitalters jedoch regierten sich die Menschen selbst. Die Macht einzelner wurde in Frage gestellt und aus Monarchien wurden Demokratien. In vielen Demokratien wurde auch der Einfluss von Staat und Kirche getrennt. Die Menschen erhoben sich gedanklich aus dem Zeitalter des dritten Chakras.

Ein Übergang begann. Die damit verbundenen Veränderungen führten zu Turbulenzen. Das ist meistens so wenn sich ein altes System verändert.

Wir sind mitten in diesem Übergang. Unsere Welt verändert

sich. Für unsere Lebenszeit ist diese Veränderung langsam, aber auf die Lebenszeit der Menschheit gesehen, geht es rasant. Gerade noch wurden wir von Königen regiert, da kam schon mit der Französischen Revolution eine globale Änderung. Regierungen wurden von da an gewählt. Noch waren diese Regierungen ähnlich machthungrig wie die Könige vor ihnen. Noch missbrauchen sie ihre Macht, aber auch das wird sich ändern.

In dieser Änderung stecken wir mittendrin. Uns erscheint sie kaum voran zu kommen. Wir sehen deutlich, dass unsere Politiker mit ihrer Macht spielen und daher fällt es uns immer schwerer, unser Wahlrecht auszuüben. Die wählbaren Alternativen fehlen uns mehr und mehr.

Aus übergeordnetem Standpunkt ist diese Zeit eine kleine Sekunde in der Menschheitsgeschichte. Wir sind jedoch mitten drin. Für uns ist es die Zeit, in der wir leben. Wir lösen die Probleme jetzt. Schon früher mussten wichtige Probleme gelöst werden und wenn ich wählen darf, so lebe ich lieber jetzt als in der historisch so bedeutsamen Zeit der französischen Revolution.

Wir sind dabei, in ein neues Zeitalter einzutreten. Die Menschheit entwickelt sich weiter in das vierte Chakra, das Chakra des Herzens. Mag sein, dass wir das so deutlich nicht wahrnehmen, weil wir gerade hier leben. Doch die Anzeichen sind vorhanden.

Wir verstehen mehr und mehr über Macht. Wir sehen die machtvollen Verstrickungen der Industrie und Politik. Wir sehen, dass Kriege auf dieser Erde aus fadenscheinigen Begründungen begonnen werden, und es gibt Länder, die einer kriegstreibenden Allianz fernbleiben. Nicht weil die Machthaber das wollen, sondern weil das Volk nicht will. Unsere Machthaber tun immer das, wovon sie sich die meisten Stimmen bei der Wiederwahl erhoffen. Wenn die Masse den Krieg nicht will und auch bereit ist, Konsequenzen zu ziehen, dann wird es nicht zum Krieg kommen."

Ich folgte Sabines Ausführungen gebannt. Ja unsere Politiker waren wirklich machtbesessen. Ich wusste was sie meinte, denn ich hatte selbst versucht, über die Politik Einfluss auf die Gestaltung unserer Welt zu bekommen. Voller Ideale und mit der Liebe zu den Menschen war ich bereit, meine Freizeit zu opfern. Gerne wurde ich angenommen in einer Zeit, in der Frauen aus Quotengründen noch in höhere Positionen geschubst werden mussten. Man suggerierte mir, mich in den Landtag zu bringen, wenn ich dann bei bestimmten Abstimmungen im Sinne meiner Gönner stimmen würde. Ich konnte damals nur schwer glauben was ich gehört und von allen Seiten erfahren habe. Ja, eine Hand wäscht die andere, aber wo wären meine Ideale geblieben? Wo meine Freiheit in der Abstimmung? Geschockt lehnte ich damals ab. Ich sah von da an jedoch die Parteikollegen mit anderen Augen. Ich schaute hinter ihre Fassaden und fand ihre Gönner und Finanziers. Fassungslos musste ich feststellen, dass sie in der Tat fast immer im Sinne ihrer Gönner stimmten. Ihre Fähigkeit, das mit ihrer Rhetorik zu verkaufen, zeichnete sie aus.

Wer seine wahren Beweggründe nicht gut genug verschleiern konnte, flog auf und seine Karriere war beendet. So kannte ich schon früh Menschen, die später in der hohen Politik Karriere machten. Nur, mich blendeten sie nicht mehr. Ich sah ihre wahren Beweggründe. Sie wollten Macht ausüben, sie wollten moderne Könige sein.

Das alles sollte sich ändern? Dieses Zeitalter sollte in der Liebe aufgehen? Ich vermochte es nicht zu glauben, war aber bereit es zu hoffen, wenn nicht für mich, dann für folgende Generationen.

„Wir können das Model der Chakren aber auch auf einen kürzeren Zeitraum anwenden", fuhr Sabine nach einer kleinen Pause fort. „Die Entwicklung jedes Menschen verläuft in diesen Schritten. Zuerst ist man im *Basischakra*. Alles was ein Säugling braucht ist Essen, Trinken und Wärme. Mit der Zeit entwickelt er sich da jedoch weiter, auch hier sieht man Übergangszeiten in denen man nur schwer zuordnen kann, wo er sich gerade befindet. Doch irgendwann ist er im zweiten Chakra angekommen. Nun will er seine Lebensfreude genießen. Ihr kennt das Geschrei sicher, das entsteht, wenn ein kleines Kind ein Eis will, es aber nicht bekommt?" Wir mussten lächeln. „Da nutzen Erklärungen oft wenig, es hat jetzt das Bedürfnis, nicht später. Später hat es dieses Bedürfnis vergessen. Ein Kind im zweiten Chakra lebt ganz bewusst im Jetzt, in diesem Augenblick. Vorher

und Nachher sind nicht real. Es will das Eis jetzt. Daher kann es auch toben und schreien, wenn es das Eis nicht bekommt.

Wir finden dieses Verhalten anstrengend und nennen es gerne „Trotzalter". Doch mit Trotz hat das nichts zu tun. Dem Kind ist nicht klar, warum es sein Bedürfnis nicht erfüllt bekommt.

Es lernt an solchen Beispielen Dinge, die es für den Aufstieg in das nächste Chakra benötigt. Es lernt, dass andere auch Bedürfnisse haben und dass nicht alles sogleich beschafft werden kann.

Dinge, die es im dritten Chakra weiß. Hier ist das Ego wichtig. „Wer bin ich?" fragt es sich. Gruppenzugehörigkeiten nehmen an Bedeutung zu. Welche Clique ist die Tollste? Zu der will ich dazu gehören, sagt sich der junge Mensch. Wir sind mitten im dritten Chakra und mitten in der Pubertät.

Jetzt sollte der Jugendliche lernen, wer er ist. Nicht, was er ist und was er darstellt. Das wird gerne verwechselt. Wer ist das wahre Wesen in diesem Körper, lautet die richtige Frage. Anstatt sie zu stellen, identifizieren wir uns mit den Rollen, die wir haben. Die Rolle des Freundes, des Bruders, die Rolle der Geliebten, des Lehrlings, der Tochter. Jede Rolle setzt bestimmte Verhaltensvorschriften. Es kann sein, dass die eine Vorschrift mit der Vorschrift der anderen Rolle kollidiert. Das bringt uns in Schwierigkeiten und wir lernen die Rollen leicht zu wechseln. Leider identifizieren wir uns jedoch mit diesen Rollen. Wir glauben, wir sind das, was die Rolle vorgibt. Wir sind aber mehr und anders. Es geht in Wahrheit in diesem Lebensabschnitt darum,

uns zu finden. Die Verantwortung für uns, unser Denken und Handeln zu übernehmen. Einfach in jeder Hinsicht erwachsen zu werden. Das ist die Aufgabe im dritten Chakra, etwas das wir in der Pubertät tun sollten. Leider sterben oft Menschen mit über 90 Lebensjahren und sind doch noch in der Entwicklungsstufe der Pubertät, trotz ihres Alters an Jahren.

Die Menschheit ist global gerade dabei das dritte Chakra abzuschließen und sich in das vierte Chakra zu erheben. Da ist es normal, dass jeder Einzelne das auch tut. In Wahrheit ist es sogar so, dass jeder seinen Übergang bewerkstelligen muss. Hat es die große Masse geschafft, dann hat es die Menschheit geschafft. Es gibt also schon Menschen, die im vierten Chakra leben, es gibt sogar welche, die noch weiterentwickelt sind. Jedoch ist darin kein Wettstreit zu sehen. Sie sind weder besser noch schlechter als andere. Es ist so, ohne Wertung. Wichtig ist nur was der Einzelne tut, was du tust. Gehst du weiter, oder bleibst du stehen? Machst du deinen Übergang, entwickelst du dich weiter? Jeder ist gefragt und mehr und mehr tun es. Warum sitzt ihr gerade hier und wollt das lernen? Warum hat sich Reiki so stark seit 1980 in Deutschland und der Welt verbreitet?"

Sabine machte eine Pause und schaute in die Runde. Gebannt hatten wir ihr zugehört. Es war neu, aber es klang schlüssig, was sie erzählte. Ich speicherte das Gehörte tief in mir ab, um später in Ruhe darüber nachzudenken. Wie sie uns gestern geraten

Lisas Pfad ins Licht

hatte, wollte ich nicht vorschnell eine Meinung übernehmen, ich wollte selbst darüber nachdenken.

Sabine fuhr fort über die Chakren zu erzählen. „Ich sehe den Übergang in das Zeitalter der Liebe deutlich. Wir sind mitten in den Umbruchzeiten. Für mich begann es mit den Studentenrevolten der 68er. Damals war Bildung für die Elite, aber das war noch ein Denken des dritten Chakras. Danach kam die Hippie-Bewegung. Liebe wurde wichtig, das fühlten die Menschen. Sie versuchten in neuen Gesellschaftstrukturen zusammen zu leben, liebevoll miteinander umzugehen. Das funktionierte noch nicht bei allen, aber einige dieser Kommunen existieren noch heute und ihr System funktioniert und wird stetig verbessert. In den 80er Jahren fing Reiki an sich zu verbreiten und half der Menschheit, die Augen zu öffnen. In den 90er wurde es üblicher, Führungsseminare mit dem neuen Wissen zu machen. Die Art, wie Manager sich weiterbilden, zeigt die Ansätze des neuen Zeitalters. Alte Machthaber sträuben sich gegen den Übergang und versuchen, an ihrer Macht festzuhalten, sich an Strukturen zu halten, die ihnen bekannt sind. Kriege entstanden, die von bewussteren Menschen als sinnlos erkannt wurden. Immer mehr sträuben sich gegen die Sinnlosigkeit dieses Machtgebarens. Man erkennt, dass die Politiker sich wie Kindergartenkinder benehmen, die um ein Spielzeug streiten. Mehr und mehr wurde das den Menschen bewusst. Mauern, die Menschen trennten, fielen gewaltlos, wie das mit Ost- und West-Deutschland geschah. Wir nehmen dieses unsagbare Wunder

heute hin und lamentieren eher über das, was es uns gekostet hat. Das Wunder, gewaltlos den Volkswillen zu bekommen, würdigen wir da viel zu wenig." Ich musste an den Tag denken, als die Mauer fiel. Der 9. November 1989 war ein denkwürdiger Tag. Ich saß wie hypnotisiert vor dem Fernseher und konnte nicht fassen, was ich sah. Die Mauer wurde niedergerissen. Menschenströme flossen über die Grenzen und Ost- und West-deutsche lagen sich in den Armen. Ich hatte Gänsehaut gehabt und Tränen des Glücks in den Augen. Die Menschen hatten es mit ihren Demonstrationen und den „Wir sind das Volk"-Rufen geschafft, die Grenzen waren für sie offen. Nicht länger wurden sie in ihrem Land eingesperrt.

Sabine hatte noch weitere Beispiele: "Nach der Jahrtausend-wende verhinderte die Volksmeinung in unserem Land sogar die Beteiligung an einem Krieg." Sie meinte den zweiten Irak Krieg, den Georg W. Bush angezettelt hatte wegen angeblicher Mas-senvernichtungswaffen, die Sadam Hussein, der damalige Iraki-sche Präsident, haben sollte. Blind und taub für die Argumente der Welt, beharrte die damalige amerikanische Regierung da-rauf, dass es so sei. Die US-Medien waren übereifrig dabei, rei-ßerische Schlagzeilen zu produzieren und so glaubten es auch die US-Amerikaner. Doch wie durch ein Wunder beteiligte sich Deutschland nicht an dem Krieg, der sich im Nachhinein auch tatsächlich als grundlos herausstellte. Ich selbst bin jeden Frei-tag schweigend auf dem Marktplatz bei der Antikriegswache gestanden. Sabine hatte Recht, die Welt veränderte sich. Nicht

immer so schnell wie ich es gerne hätte, aber wenn man sich die Zeit der Betrachtung einmal nahm, merkte man die Veränderungen doch. Und ich war nun ein Teil dieser Veränderung. Ein Glücksgefühl durchflutete mich und ich lauschte, was Sabine uns noch zu erzählen hatte:

„Mehr und mehr Menschen sind auf der Suche nach sich selbst. Spirituelle Zentren boomen, denn die Menschen erkennen sich als Individuum. Lebenscoachings, Veränderungsprozessbegleitung und Mental Coachings werden allenthalben angeboten.

An diesem Punkt sind wir derzeit angelangt. Es gibt Menschen, die ganz nach alter Art an der Macht festhalten. Je nachdem, in welcher Position sie sitzen, hat das Auswirkungen auf viele. Doch man kann beobachten, dass auch dieses sich verändert. Je mehr Menschen sich selbst finden, desto mehr Liebe entsteht. Findet und liebt man sich selbst, so strahlt das auch auf die Umgebung. Wir sind also mitten drin im Umbruch. In einer Zeit, in der Amerikaner einen Afro-Amerikaner zum Präsidenten wählen, dessen Wahlslogan eben die Veränderung (Change) ist. Eine spannende Zeit für uns alle.

Diese Umbruchzeit findet sich auch in Prophezeiungen überall. Es ist unwichtig, ob man an sie glaubt oder nicht, letztlich zählt die eigene Beobachtung. Doch schon Nostradamus hat der Menschheit nach einer heftig turbulenten Zeit mit einigen Kriegen (beginnend mit dem 1. Weltkrieg) ein Zeitalter des Friedens und der Liebe vorausgesagt.

Die Maya, ein weises Volk, das aufgestiegen sein soll, hat es in ihrem Kalender vorausgesagt. Ihr Zeitrechnungssystem hat mehrere Unterteilungen und ging über viele 100.000 Jahre. Ihr Kalender endet zu einer Zeit, in der sie nicht mehr existieren werden, so schrieben sie damals. Kein Kalender, der je geschrieben wurde endet. Alle beginnen sie und laufen unendlich weiter. Nur der Mayakalender endet, denn niemand kann über diese Schwelle der Zeit hinweg sehen. Man weiß nur, dass es das Wassermannzeitalter ist, in das wir kommen. Es wird so sein, als würden wir abgenabelt werden. Wie nach der Abnabelung von unserer Mutter damals, wird danach eine neue Art des Lebens, des Seins entstehen. Laut unserem Kalender beginnt diese Zeit im Jahr 2012.

Immer mehr Menschen reden von dem Übergang der Erde im Jahr 2012. Nun werden sogar Filme gedreht, die ein Weltuntergangsszenario darstellen. Das ist natürlich Unfug und wird so nicht eintreten. Es geht um die Veränderung der Welt wie wir sie bisher kannten, eine positive Veränderung hin zu mehr Liebe auf der Erde. Es leuchtet ein, dass sich da nicht von heute auf morgen die Welt verändert, sondern dass um dieses besagte Datum ein Übergang beginnt. Er beginnt jedoch erst und wird sicher einige Jahrzehnte, vielleicht Jahrhundert(e) dauern. Aber das ist auch nicht wichtig. Wir sollen uns einzig um uns selbst kümmern in dieser Zeit. Denn dieser Übergang lebt davon, dass der Einzelne ihn schafft. Dass der Einzelne die Liebe in sich und dann auch Liebe für die anderen findet.

Vermutlich wird diese Übergangsphase rau werden. Es ist möglich, dass die Menschen sich immer mehr polarisieren, dass ihre Art miteinander zu kommunizieren immer rauer und heftiger wird. Es werden hier und da, vielleicht sogar global, Konflikte entstehen. Das gehört dazu denn nur wenn es laut knallt nehmen es alle wahr und sind bereit für Veränderungen und auch dafür einen eigenen Beitrag zu diesen Veränderungen zu erbringen.

Als letztes Beispiel möchte ich euch die Astrologen nennen. Auch sie sehen gerade eine große Veränderung. Wir sind in das Zeitalter des Wassermanns eingetreten und werden einige 1000 Jahre darin bleiben. Auch dort ist also eine Veränderung, die gesehen wird und somit auch prophezeit werden konnte.

1968 wurde das wunderschön in einem Lied geschrieben. Aus der Hippie-Bewegung sind viele Lieder hervorgegangen, die zeigen wie viele Menschen schon damals ihren persönlichen Übergang vollzogen haben. Das Musical Hair erzählt in dem Lied „Aquarius" davon. Im Text heißt es:

"When the moon is in the Seventh House
And Jupiter aligns with Mars
Than peace will guide the planets
And love will steer the stars

This is the dawning of the age of Aquarius
The age of Aquarius
Aquarius!
Aquarius!

Harmony and understanding
Sympathy and trust abounding
No more falsehoods or derisions
Golden living dreams of visions
Mystic crystal revalation
And the mind's true liberation
Aquarius!
Aquarius!"

Was übersetzt bedeutet:

„Wenn der Mond im 7. Hause steht
und Jupiter auf Mars zugeht,
herrscht Frieden unter den Planeten
lenkt Liebe ihre Bahn.
Genau ab dann regiert die Erde der Wassermann.

Harmonie und Recht und Klarheit,
Sympathie und Licht und Wahrheit,
niemand will die Freiheit knebeln

niemand mehr den Geist umnebeln.

Mystik wird uns Einsicht schenken
und der Mensch lernt wieder Denken
dank dem Wassermann."

Dieses Zeitalter ist jetzt, es beginnt gerade erst. Im neuen Zeitalter wird Harmonie unter den Menschen sein. Man wird sein
Leben so leben, wie es die innere Stimme vorgibt. Respektvoll
und verständnisvoll werden die Menschen miteinander umgehen. Jeder lebt nach seiner inneren Stimme und respektiert,
dass die anderen dies ebenfalls tun. Die Maya nannten es das
goldene Zeitalter, das Zeitalter der Liebe. Wir, die wir uns dessen bewusst sind, werden Lichtarbeiter genannt. Indem wir den
Weg gehen und sich somit Glück und Zufriedenheit bei uns ein-
stellt, machen wir unser Umfeld neugierig, sich ebenfalls damit
zu beschäftigen. So ziehen wir durch unser So-Sein andere mit
auf dem Weg ins Licht.

Wir sind jetzt an einer Stelle unsere Entwicklung an der wir
selbst herausfinden können wie es für uns weitergeht. Wir ver-
lassen das dritte Chakra und damit die Pubertät. Wir sind nicht
mehr länger machtstrebende Jugendliche, die sich nicht kennen
und erst finden müssen. Wir sind erwachsen geworden." Damit
schloss Sabine ihre Ausführungen, denn es war Zeit für die Mittagspause.

Beim anschließenden Essen war es lange ruhig. Das eben gehörte wirkte in uns nach. Sabine hatte uns ja aufgefordert, nicht alles zu glauben, was wir hören, wie wahrhaft Erwachsene das auch tun. Sie ermutigte uns, selbst darüber nachzudenken und in uns zu fühlen, was wir darüber denken. Für mich machte es durchaus Sinn, was sie sagte. Nur konnte ich mit dem Gedanken in einer Übergangszeit zu sein, nichts anfangen. War das gut? Oder war das schlecht? Unterlag es überhaupt einer Wertung und welche Auswirkungen hatte es auf mich? Ich beschloss, mich erstmal mit der letzten Frage zu beschäftigten. Welche Auswirkungen konnte es auf mich haben, wenn es zutraf. In dem Fall könnte ich mich um den Aufstieg in das vierte Chakra bemühen oder es lassen. Ließ ich es, würde mir nichts weiter passieren. Ich würde mein Leben weiter so leben in einer Welt, die ich kannte.

Würde ich mich jedoch weiter entwickeln und den Übergang schaffen, dann wartet zumindest die Liebe für mich selbst auf mich. Mich zu lieben, das erschien mir schon verlockend. Mich nicht mehr in die Cliquen, die das Leben bot, werfen zu müssen. Nicht mehr zu versuchen, „In" zu sein, zu gefallen, um letztlich akzeptiert zu werden. Würde ich mich lieben, hätte ich die Anerkennung aus mir heraus, nach der ich im Außen ja strebte. Mir kam ein Buchtitel in den Sinn: „Liebe dich selbst und es ist egal, wen du heiratest." Ich musste lachen, ja wenn alles stimmte, was Sabine sagte, dann wäre das sicher so. Ich würde die Anerkennung, die Liebe die ich mir selbst nicht gab, nicht stän-

dig von anderen bekommen müssen. Wer weiß, vielleicht würde eine künftige Ehe dann unter einem besseren Stern stehen und tatsächlich funktionieren.

Langsam rauchte mir der Kopf und ich war froh, als ich erfuhr, dass der Nachmittag für praktisches Reiki-Geben und üben gedacht war.

Leider konnte ich aber auch an dem Nachmittag nichts fühlen, während ich Reiki gab. Die anderen nahmen durchaus ein Kribbeln und auch Wärme von meinen Händen wahr. Manche fühlten sogar ganz viel. Bei den Einweihungen, die auch heute noch weiter gingen, fühlten einige ganz viel und kamen mit leuchtenden Augen aus dem Einweihungszimmer. Ein wenig neidisch blickte ich zu ihnen. Ich fühlte mich da etwas ausgeschlossen. Sie fühlten so viel, war ich anders? War mit mir alles in Ordnung? Als ich mit Sabine allein war und sie dies fragte, antwortete sie nur: „Du bist völlig in Ordnung. Diese Energien zu fühlen ist vergleichbar mit einem leisen Ton. Im Moment ist um dich herum noch so viel Lärm, dass du diesen leisen Ton einfach nicht hörst. Doch mit der Zeit wird der Lärm um dich weniger. Dann nimmst du auch die leisen Töne wahr. Dann wirst du die Energie des Reiki fühlen. Vielleicht nimmst du dann noch ganz andere Dinge wahr, die im Moment noch überlagert werden."

So ließ ich die nächste Einweihung über mich ergehen. Ich erwartete nicht mehr etwas Besonderes zu fühlen. Dann konnte ich das eben nicht so wie die anderen. Na und? Es war mir egal.

Wenn Sabine meinte, es wirke auch so, dann war ich zufrieden und so schloss ich die Augen, während sie mit der Einweihung begann.

Eine eigentümliche Wärme durchfloss mich. Mir war als würde mein Geist ganz weit weggerissen. Lichter erschienen mir vor meinen geschlossenen Augen. Weiß, dann farbig. Es kam mir vor, als würde mein Kopf nach oben gezogen werden, während meine Füsse am Boden haften blieben. Ich wuchs, wurde immer größer, breitete mich aus. Gerade fürchtete ich, doch den Halt an den Füssen zu verlieren als ich Sabines Hände dort fühlte. Augenblicklich fühlte ich Wurzeln aus den Füssen in den Boden wachsen. Tiefer und tiefer gruben diese sich ein. Immer neue Plätze, wo ich Nahrung her ziehen konnte, wurden so erschlossen und die Verankerung im Boden erlaubte meinem Geist, wieder zu fliegen. Plötzlich sah ich eine Szene, die wie ein Film in meinem Kopf ablief. Ich saß auf der Rückbank in Moniques Auto, das ich bisher nur von außen gesehen hatte. Wir fuhren die Strasse entlang und Monique redete mit ihrem Beifahrer. Ich hörte deutlich, was sie sagte und fühlte jede Bodenunebenheit über die das Auto fuhr. Der Blinker machte ein eigenartiges Geräusch, als sie ihn zum links abbiegen einschaltete, auch das nächste rechts abbiegen nahm ich noch wahr. Ich wusste, dass ich gerade sah, wie Monique heimfährt. Sie hatte sich vor meiner Einweihung schon verabschiedet und ihren langen Heimweg angetreten.

Nun also sah und hörte ich, was gerade in ihrem Auto geschah. Hatte ich etwa eine Vision? Konnte ich in die Zukunft sehen? Mit diesen Gedanken wurde ich augenblicklich wieder in die Gegenwart katapultiert. Ich sah nichts mehr und fühlte auch nichts Ungewöhnliches. Sabine hatte die Einweihung gerade beendet, und ich ging zum Weiterüben wieder zu den anderen.

Ich wollte mit niemanden über das reden, was gerade geschehen war. Überhaupt rauchte mir förmlich der Kopf von den neuen Eindrücken und den vielen Dingen, die ich am Wochenende erfahren hatte. Ich brauchte dringend Zeit mit mir, um all das zu verarbeiten und zu überdenken. Auch musste ich mich selbst eine Weile mit Reiki behandeln, um mehr und mehr in Kontakt mit dieser Energie zu kommen. So war ich froh, dass bis zum Ende des Kurses nichts Ungewöhnliches mehr geschah und ich ging am Abend mit einer Urkunde nach Hause, die besagte, ich habe ein Seminar gemacht und sei nun in Reiki I eingeweiht.

Die Heimfahrt über musste ich immer wieder an die Vision während meiner Einweihung denken. War das real oder hatte ich mir nur etwas eingebildet. Es ist mir so real vorgekommen, und ich konnte auch jedes Wort genau verstehen, das Monique da gesprochen hatte. Wir hatten Email und Telefonnummern getauscht und wollten in Kontakt bleiben. Ich nahm mir vor, sie zu fragen, ob sie sich noch an das Wegfahren erinnern könnte und was sie da gesagt hatte, um meine Vision zu überprüfen.

Konnte ich auch Dinge sehen, wenn ich mir das wünschte? Ich begann Fragen zu formulieren, um sie mit einer Vision beantwortet zu bekommen. Was sehe ich, wenn ich um die nächste Kurve fahre, fragte ich mein Unterbewusstsein. Sofort kam mir „rot" in den Sinn. Was war das denn? Ich bin davon ausgegangen, dass Antworten deutlicher kommen. Dieses „rot" war ein flüchtiger Gedanke, der kurz aufblitzte. Nicht deutlich und auf Nachfrage kam auch nichts mehr. Noch während ich darüber nachdachte, was das bedeuten konnte, fuhr ich um die nächste Kurve. Sofort kam mir ein großes altes Auto entgegen und füllte mein Gesichtsfeld fast vollständig aus. Es war ein altes Feuerwehrauto und es war natürlich rot.

Ich stutzte. Auf die Frage, was ich hinter der nächsten Kurve sehe, kam die Antwort rot. Nun, das Feuerwehrauto war rot, aber hätte ich dann nicht die Antwort bekommen müssen „du siehst ein rotes Feuerwehrauto"? Und überhaupt, war das Zufall oder war es reproduzierbar? Meine vielen Jahre, die ich schon in der naturwissenschaftlichen Forschung arbeitete, prägten mich. „Zufälle sind nicht reproduzierbar" ist ein wissenschaftlicher Leitspruch. Wenn es also ein Zufall war, wird es beim nächsten Mal mit der Frage nicht mehr klappen. Vor mir lag die nächste Kurve. Herausfordernd formulierte ich die Frage erneut: „Was sehe ich nach der nächsten Kurve?" Lichtblitze, schoss es mir durch den Kopf. Lichtblitze? Ich begann ernstlich an meinem Verstand zu zweifeln.

Es dämmerte gerade und die Sonne ging in einem strahlend blauen Himmel unter. Ich befand mich mitten im Pfälzer Wald, um mich herum nur Bäume und Hügel. Ein Gewitter stand wirklich nicht an, woher sollten die Lichtblitze kommen? Doch kaum bog ich um die nächste Kurve, sah ich sie. Mir kamen einige Autos auf dieser wenig befahrenen Strasse entgegen. Alle hatten schon ihr Licht an. Dieses Licht wurde von der Mittelleitplanke jedoch unterbrochen und so sah ich Licht, aber ich sah an – aus – an – aus und es wirkte wie Lichtblitze auf mich. Ich war so sprachlos, dass ich eine Weile sogar meine Gedanken ruhen ließ. War ich verrückt geworden? Machte das Reiki mit mir? Das Ganze machte mir ein wenig Angst.

Ich nahm mir vor, mit niemandem über diese Dinge zu reden und überhaupt beschloss ich, darüber auch erstmal nicht mehr nachzudenken. Es war einfach zu viel und zu verrückt für mich.

Lisas
Pfad
ins Licht

4. Zu Hause

Mein Alltagstrott hatte mich schnell wieder. Zwar gab ich mir jeden Abend Reiki und schrieb neue Erkenntnisse in mein Büchlein, aber ich hatte nicht das Gefühl, es habe sich etwas Gravierendes verändert. Meine Arbeit nahm mich wie immer in Beschlag und so vergingen die Tage. Die Wochenenden waren nach wie vor recht einsam. Alle Bekannten in einer Beziehung verbrachten das Wochenende mit ihren Partnern. Ich kam mir dann immer wie das fünfte Rad am Wagen vor und sie verliebt rumturteln zu sehen, tat mir schlicht weh. Zwar gönnte ich meinen Freunden ihr Glück, aber es machte mir allzu deutlich, was ich nicht hatte. Dieser Schmerz war oft genug einfach zu viel für mich. Daher beschloss ich, die Wochenenden lieber alleine zu verbringen. Manchmal überkam mich die Einsamkeit dann jedoch so stark, dass ich weinend auf meinem Sofa lag. An anderen Tagen genoss ich die Zeit, die ich für mich hatte und dass ich genau das tun konnte, wonach mir war, ohne mich mit jemandem abstimmen zu müssen.

Jeden Tag gab ich mir selbst Reiki. Ab und an hatte ich schon das Gefühl, eine Wärme zu spüren, aber natürlich waren meine Hände warm, wenn ich sie auf Körperstellen von mir legte. In meinem Kopf gab es einen Teil, der glauben wollte und ein Teil der diese Dinge als Unsinn abtat. Mit meinen Arbeitskollegen

konnte ich darüber nicht reden. Sie waren Wissenschaftler und lachten über Esoteriker. War ich nun ein Esoteriker, weil ich Reiki machte? Was war überhaupt die Definition von Esoterik? Kurz entschlossen fuhr ich meinen Computer hoch und loggte mich ins Internet ein. Ich begann damit, herauszufinden, was Spiritualität überhaupt ist und so erfuhr ich Folgendes:

„Spiritualität (v. lat.: spiritus = Geist, Hauch) bezeichnet das Bewusstsein, dass die menschliche Seele ihren Ursprung einer göttlichen Instanz verdankt. Sie ist die besondere, religiöse Lebenseinstellung eines Menschen, der sich auf das göttliche Sein konzentriert."

Das fand ich nun sehr spannend. Spirituelle Menschen sind demnach Priester aller Religionen. Auch Menschen, die nach ihren Religionen leben. Aber auch gänzlich unabhängig von einer bekannten Religion kann man ein überaus spiritueller Mensch sein. Wer daran glaubt, dass irgendetwas zu unserer Erschaffung beigetragen hat, der ist schon spirituell. Ob man dieses etwas nun Gott, Allah, Jehova, Energie, universelle Kraft oder Universum nennt, spielt dabei keinerlei Rolle.

Ich suchte weiter nach dem Begriff Esoterik.

„Die Esoterik ('eso' bedeutet "innerlich, im Innern" und 'ter' ist Ausdruck eines Gegensatzes) ist ein Sammelbegriff für Lebensanschauungen, die die Existenz von Kräften und Einflüssen au-

ßerhalb des naturwissenschaftlichen Weltbilds annehmen, aber keine Religionen im engeren Sinn sind.

Kein Definitionsversuch des Begriffs Esoterik trifft — wenn ein objektiver Maßstab angelegt wird — dass, was sich letztendlich hinter diesem Wort verbirgt, da es sich um etwas im Menschen und vor ihm selbst Verborgenes handelt. Sie kann umschrieben werden, als eine Innerlichkeit, die alle mit menschlichem Bemühen sinnlich erfahrbare, innere und äußere Wirklichkeit ausschließt, aber dennoch umfassend "ganzheitlich" ist. Sie ist eine tiefe, innerliche Erfahrung der ganzen Wirklichkeit. Sie übersteigt die Wahrnehmung der menschlichen Sinne. Sie gehört zum Wesen des Menschen, sie schließt seine "Tiefe" mit ein. Diese Tiefe wird dem Menschen als 'religiös' oder 'spirituell' wesentlich erfahrbarer."

Eine Wahrnehmung, die über unsere Sinne hinausgeht. Das fand ich spannend, wusste ich doch, dass die menschlichen Sinne trügerisch sind. Gerade der Sehsinn kann getäuscht werden. Die Bilder von M.C. Escher zeugen davon. Eines zeigt beispielsweise Wasser, das scheinbar berghoch fließt, was natürlich nicht sein kann. Auf dem Bild sieht es jedoch so aus.

Mit Trugbildern und Sinnestäuschungen beschäftigt sich in wikipedia.de gleich ein ganzer Artikel, die dort dargestellten Bilder zeigen anschaulich wie leicht sich der Mensch in seinem Sehen doch auf den Holzweg führen lässt.

Esoterisch sein bedeutet also, dass der Mensch etwas glaubt, was wissenschaftlich (noch) nicht greifbar ist.

Neue Dinge sind meistens erst einmal nicht wissenschaftlich greifbar. Das ist fast immer so. Viele große Entdecker der Menschheitsgeschichte hätte man zu ihrer Zeit Esoteriker genannt. Ich denke da beispielsweise an Galileo, der schon damals sicher war, dass sich die Erde um die Sonne bewegt, während man zu der Zeit noch glaubte, die Erde sei das Zentrum des Universums und stünde still.

Würden wir noch immer an das glauben, was gängige Lehrmeinung der Wissenschaft ist, so würden unsere Ärzte noch heute alle Kranken zur Ader lassen. Wir würden die Geschwindigkeit einer alten Dampflokomotive für Teufelswerk halten und gingen davon aus, sie sei tödlich. Albert Einstein wäre vermutlich als Ketzer verschrien, behauptete er doch, Zeit sei relativ und Energie hinge von der Masse eines Körpers ab.

Die Quantentheorie würde nicht diskutiert werden. Interessanterweise wirft aber genau diese Disziplin der modernen Physik einige Theorien auf, die sich in der Esoterik so auch wiederfinden. In dem Dokumentarfilm „What the bleep do we know" versuchen Wissenschaftler, Quantentheorie und Esoterik einander näher zu bringen, denn die Quantentheorie erklärt einige Phänomene, die von Esoterikern schon länger so angenommen werden.

Ich schaute mir solche Filme nun an und beschäftigte mich in meiner Freizeit unablässig mit den Modellen, die mir bisher vorgestellt wurden. In den Buchläden fanden sich unzählige Bü-

cher zu den Themen und auch im Internet gab es eine Fülle von Informationen. Nach und nach arbeitete ich mich durch diese Dinge durch. Es fiel mir leicht zu verstehen, was sie sagten. Möglicherweise hing das ja doch mit meiner Einweihung in Reiki zusammen.

Als Esoteriker konnte man leicht in eine gedankliche Sackgasse geraten. Daher nahm ich mir vor, meine Erkenntnisse immer zu überprüfen.

Meine Fragen auf der Rückfahrt von dem Reiki Seminar fielen mir wieder ein. Wie waren meine Vorhersagen einzuordnen? Ich hatte die innere Frage gestellt, was ich in der Zukunft sehen würde und hatte eine Antwort erhalten. Diese Antwort war nicht ganz so klar wie ich es erwartet hätte, traf die Zukunft aber doch. Um zu wissen, ob das immer funktioniert und um zu lernen, die inneren Antworten zu verstehen, nahm ich mir vor, diese Fragen von nun an öfter zu stellen und dann im Nachhinein zu beurteilen, was dann eingetreten ist. So würde ich objektiv besser lernen, damit umzugehen.

Ich fragte mich also in Gedanken, mit welchen meiner Freunde ich den nächsten Kontakt haben würde. Eine Weile sah ich niemanden meiner Freunde vor meinem geistigen Auge und ich befürchtete schon, mir alles nur eingebildet zu haben. Doch da tauchte Moniques Gesicht auf. Wie um Himmels Willen kam ich denn auf Monique? Seit dem Reiki Seminar hatte ich von ihr nichts mehr gehört und sie wohnte auch zwei Stunden mit dem

Auto von mir weg. Schon war das Bild jedoch verschwunden und ich schüttelte verwirrt und etwas enttäuscht den Kopf. Hatte ich mir alles also doch nur eingebildet?

Genau in diesem Moment klingelte das Telefon: „Hallo hier spricht Monique" tönte es an mein Ohr. „Mo-ni-que?" stotterte ich, denn ich war zu verblüfft, um ein vernünftiges Wort heraus zu bringen. „Hey, ich wollte mal fragen wie es dir so geht nach dem Reiki Kurs. Hat sich bei dir etwas verändert?" „Nicht so deutlich und doch denke ich über Dinge nach, die mich früher nie interessiert hätten, und manch Komisches geschieht. Gerade eben habe ich an dich gedacht und nun rufst du an." erwiderte ich noch immer verblüfft. „Das kenne ich. Solche Dinge geschehen mir seitdem andauernd. Ich kann Dinge vorausahnen, aber so richtig komme ich damit noch nicht klar." „Du sag mal" fiel mir wieder ein, was ich Monique noch fragen wollte: „Kannst du dich noch erinnern, was du im Auto sagtest, als du von Sabine wegfuhrst?" wollte ich wissen. „Ja klar" gab Monique spontan zurück „Ich sagte, dass ich den nächsten Reiki Kurs, also Reiki II, auch machen möchte" Ich war sprachlos. Das war genau das, was ich in meiner Vision auch gehört hatte. Konnte man sich so viel einbilden? War das alles nur meine Phantasie? „Warum fragst du" wollte Monique natürlich wissen. „Ich habe eine Vision gehabt während Sabine mich einweihte, oder so etwas ähnliches" gab ich als Antwort. „Jedenfalls war es, als würde ich auf der Rückbank deines Autos sitzen und hörte dich sagen, dass du den Reiki II Kurs machen möchtest. Das ist schon

sehr merkwürdig findest du nicht auch?" „Das ist alles für mich auch sehr neu. Hättest du nicht einmal Lust, dass wir uns treffen und ein wenig darüber reden?" Das war nun eine wirklich tolle Idee und so verabredeten wir, dass Monique mich am Wochenende besuchen kam.

Das Wochenende kam schnell näher und ich freute mich wirklich auf den Besuch. Endlich ein Wochenende, das ich nicht alleine verbringen würde. Ich richtete meine Wohnung her und füllte den Kühlschrank auf, da ich einen guten Eindruck machen wollte. Daher putzte ich sogar die Fenster und wusch meine Gardinen. Alles war bereit für Monique, als sie am Samstag ankam.

Wir beschlossen, eine Stadtführung zu machen, da Monique noch nie in meiner Stadt war. Während wir also von Sehenswürdigkeit zu Sehenswürdigkeit liefen, tauschten wir die Neuigkeiten aus. „Erzähl mal wie es dir seit Reiki geht", bat ich. „Du weißt ja, dass ich beruflich massiere" sagte Monique „Nun bieten wir auch noch Reiki. Die Patienten nehmen es ganz unterschiedlich wahr. Manche fühlen gar nichts, andere ein Kribbeln und wieder andere Wärme. Ganz wenige fühlen eine angenehme Kühle. Für mich ist alles gleich, bei mir kribbelt es immer." Moniques Augen strahlten. „Aber was für mich viel wichtiger ist, sind die Dinge die Sabine uns erzählt hat. Ich denke sehr oft daran. Was mich wirklich beeindruckt hat, sind die Chakren und die Erklärungen dazu." Das ging mir genau so. Dass wir uns über

bestimmte Stufen entwickeln und die ganze Menschheit gerade dabei ist, auf eine weitere Stufe zu gehen, war schon sehr spannend!

„Sag mal" fuhr Monique fort „ist dir gar nicht aufgefallen, dass Sabine uns die Entwicklung des Menschen nur bis zum vierten Chakra erzählt hat?" Ich schaute Monique überrascht an und dachte nach. Nein, in der Tat, das ist mir nicht aufgefallen aber es stimmte. Sowohl die Entwicklung des Einzelnen, als auch die Entwicklung der Menschheit hat sie nur bis zum vierten Chakra erzählt. „Ja, aber bei der Menschheit verstehe ich das" erwiderte ich um eine Erklärung bemüht. „Wenn wir alle zusammen erst dabei sind, vom dritten in das vierte Chakra aufzusteigen, wie sollte man da auch wissen, was im Fünften oder Sechsten dann auf uns zukommt. Das wäre doch reine Spekulation", gab ich zu bedenken. „Bei der Menschheit hast du Recht", entgegnete Monique. „Aber der einzelne Mensch? Glaubst du, dass sich da noch niemand weiterentwickelt hat? Dass noch niemand alle seine Chakren geöffnet hat?"

Ich musste ihr Recht geben. Es gibt bestimmt auch Menschen die schon weiterentwickelt sind. Weise Menschen, solche wie Buddha oder Jesus waren bestimmt weiterentwickelt. Oder der Dalai Lama. Vielleicht aber noch viel mehr und ganz normale Menschen.

Monique schaute mich an. „Ich habe mir viele Gedanken darüber gemacht, wie es weitergehen könnte, wenn man sein viertes Chakra geöffnet hat und in der Liebe lebt. Das bedeutet

auch, dass man frei von Ängsten ist, denn wo Angst ist, kann die Liebe nicht sein. Angst macht Dunkelheit und Liebe ist das Licht. Deshalb nennen die Esoteriker dies auch die Erleuchtung. Es bedeutet nichts anderes als Licht ins Dunkel zu lassen. Mit einem vollständig geöffneten Halschakra drückst du offen und ohne Furcht deine Gefühle, Gedanken und inneren Erkenntnissen aus. Du bist ebenso in der Lage, deine Schwächen zu offenbaren wie deine Stärke zu zeigen. Dir selbst und anderen gegenüber bist du aufrichtig und so handelst du auch. Du besitzt die Fähigkeit, dich mit deinem ganzen Wesen vollständig kreativ zum Ausdruck zu bringen. Doch kannst du ebenso gut schweigen, wenn es angebracht ist, und du besitzt die Gabe, anderen mit dem Herzen und mit innerem Verständnis zuzuhören. Du sprichst sehr klar. Gerade die versteckten Andeutungen, die wir Frauen gerne haben, die sind dann nicht mehr zu finden."

„Welche versteckten Andeutungen meinst du?" fragte ich erstaunt. „Ach komm" feixte Monique. „Das kennst du doch auch. Wenn sich zwei Frauen treffen und sich fragen wie es ihnen geht, antworten doch beide „Sehr gut!" Das muss noch lange nicht bedeuten, dass es wirklich gut ist. Am Tonfall bemerken wir, dass es da noch etwas anderes gibt und fragen vorsichtig nach. Wenn Männer sich jedoch sagen, dass es ihnen gut geht, dann meinen sie auch was sie sagen. Einen versteckten Unterton gibt es bei denen nicht. Das unterscheidet die Geschlechter ganz schön."

„Mann und Frau unterscheidet überhaupt sehr viel" entgegnete ich, und mit einem Lachen fuhr ich fort „Klar sind Männer und Frauen unterschiedlich – sehr sogar." Monique führte ihren Gedanken weiter: „Männer denken geradlinig und zielorientiert. Wir Frauen denken eher abstrakt und in Metaphern. Das macht das Zusammenleben schon manchmal sehr schwer, wenn man sich dieser elementaren Unterschiede nicht bewusst ist." „Och", gab ich gedehnt zur Antwort „Da kenn ich noch einen kleinen, elementaren Unterschied" und konnte mir das Lachen kaum verkneifen. „Ja manchmal ist der aber auch größer" erwiderte Monique mit einem übertriebenen Augenaufschlag und wir prusteten los vor Lachen. Wir kicherten wie Jugendliche und alberten mit Andeutungen herum. Natürlich wurden wir von Passanten merkwürdig betrachtet, als wir uns mitten in der Fußgängerzone bogen vor Lachen und uns die Lachtränen aus den Augen wischten. Aber das führte nur dazu, dass wir noch ausgelassener wurden.

Es dauerte eine ganze Weile, bis wir uns wieder beruhigt hatten. Dieses Lachen hatte etwas ungemein Befreiendes gehabt. Mir wäre es früher sehr peinlich gewesen, wenn mich Passanten angesehen hätten. Aber bei dem Lachanfall, den wir gerade hatten, war mir das egal gewesen. So langsam bemerkte ich, dass ich mich doch veränderte. Es geschah langsam, aber stetig. Ich lebte immer freier und hörte auf meine inneren Wünsche. Es tat gut, was mit mir geschah, daher machte ich weiter damit, mich mehr und mehr zu finden.

„Weißt du" ging Monique wieder auf unser Gespräch über die Chakren ein. „Wenn das fünfte Chakra voll geöffnet ist, vermittelst du deine Absicht auf die wirksamste Weise, um eine Erfüllung deiner Wünsche zu bewirken. Angesichts von Schwierigkeiten und Widerständen bleibst du dir treu und du kannst auch "nein" sagen. Du lässt dich von der Meinung anderer Menschen nicht vereinnahmen oder beeinflussen, bewahrst dir stattdessen deine Unabhängigkeit, Freiheit und Selbstbestimmung. Deine Vorurteilslosigkeit und innere Weite machen Dich offen für die Wirklichkeit feinstofflicher Dimensionen. Von hier empfängst du über die innere Stimme Informationen, die dich auf deinem Weg durch das Leben leiten, und du gibst Dich vertrauensvoll dieser Führung hin."

„Woher weißt du das alles denn?" fragte ich erstaunt, da es sinnvoll klang, was sie erzählte. „Ich habe viel über die Chakren gelesen und mir auch meine eigenen Gedanken gemacht." „Meinst du denn, dass es auch normale Menschen gibt, deren obere Chakren auch geöffnet sind?" fragte ich Monique. „Ja klar gibt es die! Meinst du, Sabine könnte uns das alles erzählen, wenn sie nicht weiter wäre? Ich vermag nicht zu sagen, wo sie steht, aber weiter ist sie bestimmt. Es liegt an uns, den Weg auch weiterzugehen. Wie sieht es denn mit dir aus, kannst du Nein sagen, wenn du etwas nicht möchtest?"
Ich fühlte mich ertappt, denn in der Tat war ich immer bemüht es anderen auch recht zu machen. Mir fiel es schwer, anderen einen Wunsch abzuschlagen und so hatte ich jedoch oft das

Gefühl, mehr Zeit für andere zu verbringen als für mich. „Nun ja, nicht immer gelingt mir das". „Siehst du und du fühlst dich doch dabei nicht wirklich wohl?" „Es ist ja nicht immer schlimm, aber manchmal stimme ich zu, etwas zu tun und dann macht es mir wirklich keine Freude. Das liegt aber auch daran, dass ich vorher oft gar nicht weiß, was ich möchte." „Das geht mir ja ganz genauso, daher würde ich gerne mehr darüber lernen. Ich möchte mehr über mich erfahren, wie ich funktioniere, wie ich glücklicher werden kann. Ich will mehr lernen, um endlich mein Leben zu leben, nicht die ganzen Rollen die man immer so spielt. Wäre das nicht auch etwas für dich?"

Natürlich wäre es das, und so nickte ich bekräftigend. „Heute Abend ist hier in der Stadt ein Vortrag. Da wird ein Seminarsystem vorgestellt: „Der Pfad ins Licht." Darin lernt man die Dinge, die der Mensch wissen sollte. Wer man ist, was man kann und wohin es geht. Die elementaren Fragen, die sich jeder stellt, aber auf die kaum jemand eine wahrhaft befriedigende Antwort findet. Ich bin unter anderem an diesem Wochenende gekommen, um mit dir dahin zu gehen. Hast du Lust, mich zu begleiten?", fragte Monique und ich fühlte mich ein wenig überrumpelt. Dann wollte sie mich am Ende gar nicht sehen, sondern suchte nur eine Übernachtung, um auf diesen Vortrag zu gehen? Ich fühlte mich zurückgesetzt. War noch eben Monique eine tolle Freundin, mit der ich ganz viel Spaß hatte, fühlte ich mich nun ausgenutzt. Daher murmelte ich nur ein ausweichendes: „Ja, wäre vielleicht nett" und bugsierte uns beide nach-

denklich in das örtliche Aquarium. Während wir so die Fische betrachten, wich ich weiteren Diskussionen mit Monique aus. Ich war wirklich wie vor den Kopf gestoßen. Mochte sie mich am Ende gar nicht so sehr? Warum hatte sie nicht gleich gesagt, dass sie einen Unterschlupf benötigt, um sich einen Vortrag anzuhören.

Wir blieben gedankenverloren vor einem Becken stehen in dem einige Fische im Wasser standen. Die Fische wirkten viel zu groß für das Becken. Einer stand mit der Schnauze an der Scheibe und rührte sich nicht. Ich hatte das Gefühl, er sei unendlich traurig und hob die Hand an die Scheibe und schaltete Reiki für den Fisch ein. Ein Gefühl der Liebe durchströmte mich. Meine Hand wurde enorm heiß, und eine Weile stand ich da völlig versunken in diesem wunderschönen Gefühl.

Irgendwann jedoch sprach meine Vernunft mit mir. Sie sagte, dass ich mir nur einbilden würde, dass der Fisch mein Reiki genießen würde. In Wahrheit stand er schon an der Scheibe als ich kam, und meine Energie ist ihm völlig egal. Die Naturwissenschaftlerin in mir erwachte, und ich beschloss, das zu untersuchen. Ich zog meine Hand ein Stück an der Scheibe entlang und hielt sie somit etwas vom Fisch weg. Sofort schwamm er mir nach und stellte sich wieder in meinen Reikistrahl. Erstaunt hielt ich kurz inne, doch schon zog ich meine Hand wieder ein Stück an der Scheibe entlang und wieder folgte mir der Fisch. Das Spiel wiederholte sich noch ein paar Mal. Irgendwann drehte er seine linke Brustflosse in meinen Strahl und ich konnte eine

Krankheit daran sehen. Diese Fischkrankheit kannte ich, da
mein Ex-Mann selbst ein Aquarium besessen hatte. So schwebte
der Fisch an der Scheibe und schien mein Reiki zu genießen.
Verblüfft schaute ich zu Monique, als sie zu sprechen anfing.
„Wahnsinn – oder? Man hat deutlich gesehen wie er sich in
deinem Reiki wohl fühlte", sagte sie. Mir erschien dieses trauri-
ge, düstere Becken nun viel heller und mit leuchten deren Farben – ob ich mir das einbildete? „Sieht das Becken für Dich anders aus?" fragte ich daher vorsichtig „Ja und ob!" entgegnete
Monique. „Die Farben sind doch viel heller und leuchtender.
Das ist wirklich bemerkenswert. Aber nun reicht es ihm glaube
ich," sagte sie, während sie auf den Fisch deutete, der nun ge-
mächlich in die Mitte des Beckens schwamm und dort wieder zu
schlafen schien.

Verblüfft und nachdenklich gingen wir weiter. Es fiel mir nicht
leicht diese Dinge zu verdauen, da mein Verstand mir immer
wieder sagte ich sei verrückt. Aber weg reden konnte ich die
Erlebnisse auch nicht. Grübelnd und in mich versunken ging ich
weiter als Monique mich plötzlich aus meiner Versunkenheit
rausriss.

„Sag mal, warst du gerade sauer auf mich?" fing Monique das
Gespräch vorsichtig wieder an „Nein, nicht sauer" entgegnete
ich, etwas erschrocken darüber, dass Monique mich so offen
darauf ansprach. „Aber etwas hat dich verstimmt. Ich habe deine Emotionen deutlich gefühlt und hatte den Eindruck, deine
Energie ist schlagartig abgefallen", sagte Monique und schaute

mich dabei liebevoll an. „Ja, das stimmt schon", versuchte ich mich noch rauszuwinden, fand aber den Ausweg nicht. Zu offen und freundlich blickte mich Monique an „Ich war etwas irritiert, als du von diesem Pfad ins Licht berichtet hast, und dass es da ausgerechnet heute einen Vortrag gibt", rückte ich mit der Sprache raus. „Was genau hat dich daran denn irritiert?" wollte Monique wissen. „Ich fand es merkwürdig, dass du nur wegen des Vortrags gekommen bist." Monique lächelte mich an. „Du hattest also das Gefühl, dass ich Dich ausnutzen würde. Du warst dir plötzlich nicht mehr sicher, ob ich wegen dir gekommen bin oder nur um den Vortrag zu hören? Und da hast du dich zurückgesetzt gefühlt, habe ich Recht?" „Ja schon" gab ich kleinlaut zu. „Ein bisschen zurück gesetzt vielleicht" „Lisa, daran siehst Du, dass dein fünftes Chakra noch nicht so weit geöffnet ist. Du hast nicht frei gesagt, was du möchtest. Du hättest mich in dem Moment doch fragen können ob ich nur deshalb gekommen bin, oder ob mir auch etwas an dir liegt. Stattdessen hast du dich in dein Schneckenhaus zurückgezogen, und man konnte fühlen, wie deine Energie abgefallen ist. Erst dadurch, dass du dem Fisch Reiki gabst und dich so ja auch selbst wieder aufgeladen hast, bist du auf deinen vorherigen Energielevel zurückgekehrt. Das gab mir die Möglichkeit, das Thema wieder anzusprechen. Bei so wenig Energie, wie du eben hattest, hättest du überhaupt nicht verstanden, was ich dir sagen möchte, daher musste ich noch etwas warten, bis ich darüber reden konnte." sagte Monique und strahlte dabei eine liebevolle Wärme aus.

Sie hatte Recht. Ich war beleidigt gewesen, und ich hatte mich auch gar nicht gut damit gefühlt. Meine Energie war wirklich abgefallen. In der Tat hätte ich nicht so offen auf ihre Worte reagieren können. Vermutlich hätte ich eine Ausrede gesucht oder mich angegriffen gefühlt. Aber offen darüber gesprochen hätte ich nicht. Dass mir aber Reiki geben so helfen würde, auch meinen Energielevel wieder zu bekommen, hätte ich vorher nicht gedacht. Meine eigentliche Frage war doch, ob Monique mich mochte, und wie wichtig ihr der Vortrag sei.

Ich beschloss für mich, neue Wege zu gehen und sie das einfach zu fragen „Mir hatte sich der Gedanke aufgedrängt, dass du mich vielleicht nur als Übernachtungsgelegenheit missbraucht hast und mich doch gar nicht so magst", sprach ich zögerlich meine Gedanken aus. Monique schaute mir tief in die Augen, als sie antwortete. „Ja, das habe ich gemerkt. Hättest du mich gleich gefragt, hättest du dir einige schlechte Gedanken und Gefühle sparen können", lächelte sie mich an „klar mag ich dich, sonst wäre ich nicht so weit hergefahren. Der Vortrag ist mir nicht so wichtig, aber nun habe ich mehr denn je das Gefühl, dass wir beide da hinsollten." Sie nahm mich in den Arm und drückte mich „Danke, dass du so offen bist und ja, ich glaube den Vortrag heute Abend hören wir uns wirklich mal an." lächelte ich sie erleichtert an. Den Rest des Tages genossen wir noch in guter Laune.

5. Der Vortrag

Erneut fand ich mich auf einem Vortrag wieder, bei dem es darum ging, wie man sein Leben sinnvoller, leichter und glücklicher leben könnte.

Es handelte sich um eine Informationsveranstaltung, die von Ralf geleitet wurde. Ralf war selbst dabei, den Pfad ins Licht zu gehen, wie er uns erzählte. Er war groß, sportlich durchtrainiert und blond. Wenn er nicht einen Goatie getragen hätte, wäre er durchaus mein Fall gewesen, dachte ich versonnen bei mir. Neben seinem guten Aussehen war jedoch auch seine Ausstrahlung überaus positiv, und so wurde ich nun wirklich neugierig, um was es in diesem Pfad ins Licht gehen sollte.

„Wir sind so viel mehr, als wir denken zu sein", erzählt uns Ralf gerade. „Wir haben deutlich mehr Potential und könnten uns viel weiterentwickeln als wir es bisher tun. In vielen Kulturen überall auf der Welt geht es im spirituellen Kontext um eben diese Entwicklung. Die Weisen der jeweiligen Völker wussten, dass ihr Volk sich weiterentwickeln könnte und versuchten ihnen zu helfen, während sie selbst ihre eigene Entwicklung vorantrieben.

In früher Zeit waren es die Schamanen, die dieses Wissen erlangten, in dem sie Zugang zu der Geisterwelt fanden, Fragen

stellen konnten und so dazu lernten. Von Generation zu Generation wurde das Wissen erweitert und weitergegeben. In späteren Kulturen waren es Spirituelle, die durch Übungen wie Fasten und Meditation zu höheren Einsichten kamen. Immer, in jeder Zeit, gab es auch welche, die sich persönlich sehr weit entwickelten und somit leuchtende Führer für ihre Mitmenschen werden konnten. Die Menschheit entwickelte sich weiter und mit der Zeit wurde der Focus auf die Wissenschaft gelegt. Nur was beweisbar war, nachvollziehbar und erklärbar, galt als existent. Damit begrenzten sich die Menschen jedoch selbst. Sie merkten, dass sie die Antworten, die sie suchten, so nicht wirklich fanden und stießen an Grenzen.

Schon die Relativitätstheorie von Albert Einstein wird nicht wirklich verstanden. Zeit soll relativ sein? Mit unserem Verstand ist dies schwer zu fassen.

Die Quantentheorie, die danach kam und wissenschaftlich anerkannt ist, verstehen weltweit vielleicht eine Handvoll Menschen. Spannenderweise erklärt sie viele Phänomene, die bislang als „Esoterischer Unfug" galten. Dinge, die Heiler und Spirituelle schon seit Urzeiten wussten.

Seit einiger Zeit drängt die Menschheit auf mehr persönliche Einsicht. Immer mehr Menschen möchten sich entwickeln. Sie suchen und diese Suche hat dazu geführt, dass Meditationszentren gebaut werden, Qi Gong gemacht, gechannelt, hypnotisiert, Energie massiert, rebalanced wird und vieles mehr. Ganz viele Methoden gibt es und es erscheint unmöglich, über alle den

Überblick zu behalten. Viele erheben den Anspruch, nur über sie käme man zur inneren Zufriedenheit.

Doch das kann so nicht stimmen.

Menschen sind unterschiedlich. Schaut euch um. Keiner gleicht äußerlich dem anderen. Im Inneren unterscheiden wir uns noch mehr als im Äußeren. Wie sollte da eine Methode für alle gut sein? Wie sollte überhaupt eine Methode, die einem Menschen half, einem anderen helfen können?

Viele Menschen verbringen ihr halbes Leben damit, die richtige Methode zu suchen und dabei verbrauchen sie Energie, die sie sinnvoller für ihr persönliches Wachstum verwendet hätten.

Den Gründern des Pfades ins Licht ging es damals ähnlich. Mit großer Neugierde besuchten sie unendlich viele Kurse, nur um festzustellen, dass sich diese im Kern alle ähnelten. Niemand konnte das Rad neu erfinden. Sie erkannten damals, dass jedes Seminar zur Persönlichkeitsentwicklung nur ein neuer Weg zum gleichen Ziel war. Man eiferte den Gründern dieses Weges nach, denn schließlich hatten die ihr Licht doch so gefunden. Wenn es ihnen gelungen ist, dann war dies ein Beweis, dass es auf diese Weise gehen kann. Daher blieben die meisten so eng auf diesem Weg, dass er sie nicht mehr zu ihrem Ziel bringen konnte. Sie hätten ein wenig abweichen müssen, variieren, sich selbst Gedanken machen, dann hätten sie das gefunden, was sie

suchten. Der Pfad ist nämlich für jeden individuell. Er ist einzigartig, wie die Menschen einzigartig sind. Wer also exakt nacheifert, wird letztlich nie ganz bis zum Ziel kommen.

Es ist bedauerlich, dass man die Grundlagen des Weges zu sich, des eigenen Pfad ins Licht nicht schon in der Schule lernte. Die meisten Menschen fangen erst im erwachsenen Alter mit der Suche an. Sie fragen sich, welchen Sinn das Leben hat. Was es für einen Sinn macht, überhaupt da zu sein. Ob arbeiten und ausgehen schon alles sein kann.

Sie suchen den Partner fürs Leben, glauben, er gibt ihrem Leben dann einen Sinn und stellen fest, dass dies auch nicht wirklich der Fall ist. Er verschönert, erleichtert, hilft, aber er ist nicht der Sinn des Lebens. Sie suchen weiter, glauben es in ihren Kindern gefunden zu haben, in dem beruflichen Erfolg, in ihren materiellen Gütern und stellen irgendwann fest, dass dies auch nicht der Sinn ihres Lebens ist. Sie suchen und schauen sich alles an und so vergeht wertvolle Lebenszeit.

Würden wir in der Schule schon lernen, wer wir sind, würden wir erfahren, was wir mit unserem Körper und Geist anfangen können. Brächte man uns bei, wie wir selbst die Antworten auf unsere Fragen finden könnten, wir würden nicht mehr so viel Zeit mit der Suche verbringen. Wir könnten viel früher lernen und dadurch in unserer Lebenszeit viel weiterkommen.

Krankheiten würden nicht mehr so häufig auftauchen. Oft sind sie nämlich ein Zeichen für Energieverlust, den die erfolglose Suche machte. Menschen, die sich im Kreis drehen und ihren Ausweg nicht finden, werden ebenfalls oft körperlich krank. Heilpraktiker wissen um diesen Zusammenhang und werden immer auch diese Ursache suchen, wenn sie den Menschen behandeln. Dass dies funktioniert, zeigt sich schon daran, dass immer mehr Menschen zum Heilpraktiker gehen, an sich arbeiten und danach freier, gesünder und glücklicher leben."

Ralf sprach mit einer Leichtigkeit, die von tiefer, eigener Überzeugung getragen wurde. Hatte er wirklich Recht? Suchten wirklich so viele Menschen den Sinn ihres Lebens vergeblich? Mir war schon klar gewesen, dass ich den suchte, doch ich war bislang blind für die Tatsache, dass auch andere genau diesen Weg gehen wollten. Sie gingen ihn auf ihre Art und Weise und auch in ihrem eigenen Tempo, doch sie gingen ihn auch.

Aufmerksam lauschte ich während Ralf fortfuhr.

„Habt ihr euch schon mal gefragt warum ihr lebt? Habt ihr euch schon mal gefragt, warum unser Gehirn nur 20 Prozent seines Potentials nutzt? Was ist mit den anderen 80 Prozent? Zu was wären wir in der Lage, wenn wir diese nutzten? Hättet ihr nicht auch Lust diese zu aktivieren?

Mit dem Konzept des Pfades ins Licht lernt ihr dieses Potential mehr und mehr zu nutzen. Ihr lernt vor allem, wie ihr euch selbst helfen könnt. Um das Erkennen des eigenen Potentials und darum, dieses in dem Maße zu nutzen, wie ihr selbst das möchtet. Ihr bekommt das Rüstzeug in die Hand, mit dem ihr eure Entwicklung fortan selbst vorantreiben könnt. Dabei bestimmt jeder selbst sein Tempo und bestimmt auch, wie weit er dabei gehen möchte.

Um das eigene Potential zu erkennen, wurde der Pfad ins Licht in fünf Stufen unterteilt. Als Einstieg wird ein persönliches Gespräch stattfinden, sofern der Interessent nicht einen Kurs in Reiki oder etwas Ähnlichem nachweisen kann.

Dann geht es in die erste Stufe, die wir die Körper-Ebene nennen. Dabei geht es darum, festzustellen, wie fantastisch unser Körper funktioniert. Es geht darum, zu verstehen was der eigene Körper braucht, um zu existieren. Es wird erlernt, wie du ihn individuell darin unterstützen kannst, damit er optimal arbeitet. Du lernst vermeiden, was ihn bremst. So erkundest du praktisch seine Fähigkeiten und lernst, die Energie in ihm fließen zu lassen und mehr und mehr zu nutzen.

Energieübungen, Auren sehen und fühlen, Kundalini Energie erfahren und spüren, sind dabei Bestandteil dieser Stufe. Der Körper wird mit all seinen Fähigkeiten wahrgenommen, auf einer Ebene, wie es im alltäglichen Leben normalerweise nicht der Fall ist. Du lernst, dass dein Körper ein Werkzeug ist, das

Werkzeug, in dem du dich befindest und durch das du dich ausdrücken kannst. Der Körper hilft dir, Dinge zu erleben, die du
ohne ihn nicht könntest. Stell dir vor, du hättest keinen Körper,
sondern wärst Geist. Wie würdest du Nähe erfahren? Wie würdest du streicheln wahrnehmen können? Deine Wahrnehmung
als Geist ist eine gänzlich andere als in dem Körper, der dich
begrenzt und dir damit auch einen Rahmen vorgibt, in dem du
agieren kannst."

Mein Körper sollte ein Werkzeug sein? Ich hatte bisher nie darüber nachgedacht. Doch glaubte ich daran, dass die Seele ins
Paradies kommt oder sich in weitere Leben inkarniert. So genau
wusste ich auch nicht, was da kam, sicher war ich jedoch, dass
etwas nach dem Tod mit uns geschah. Von daher machte es
durchaus Sinn, dass der Körper ein Werkzeug ist, mit dem sich
die Seele ausdrückt. Ohne ihn wäre es viel schwerer, Erfahrungen zu machen. Schmerz wäre nur seelisch, nie aber körperlich
erfahrbar. Genauso wäre es mit der Liebe. „Nur" seelisch zu
lieben wäre bei weitem nicht so schön, wie die Liebe zudem
noch mit jeder Faser des Körpers zu spüren und wahrzunehmen. Ja und auch andere Genüsse wären nur halb so gut, wenn
wir den Körper nicht hätten. Eine neue Sichtweise der Dinge
fing in mir an zu reifen.

„Auf der nächsten Stufe geht es um die Emotionen, derer du
fähig bist. Du erfährst, welchen Zwängen man unterworfen sein
kann, welchen Programmen viele folgen, und lernst, diese für
dich zu wandeln. Wie überall, so gibt es auch hier keine Leitli-

nie. Jeder Mensch wird als wunderbares Individuum wahrgenommen. Es gibt keinen guten oder schlechten Weg. Wer etwas
ändern möchte, lernt, wie er es tun kann und ihm wird bei der
Umsetzung geholfen.

Emotionen werden wahrgenommen, und man lernt, diese zu
verstehen. Woher kommen sie, welche weiteren Gedanken
hängen daran, wie sinnvoll sind diese Emotionen an der Stelle?
Das Verständnis, das du dadurch erlangst, bringt dich deiner
inneren Ruhe und dem wahren Verstehen einen großen Schritt
näher.

Danach wirst du die Ruhe des Geistes erfahren. Du lernst, dass
der Körper als Werkzeug für den Geist fungiert und die Emotionen dessen Ausdruck sind. Der Geist ist das eigentliche Sein. In
dieser Stufe erlernst du, mit deinem Inneren zu kommunizieren.
Meditationen sind der Schlüssel zum wahren Sein. Es gibt unzählige Techniken wie man meditieren kann. Du wirst einige
ausprobieren und so die Methode finden, mit der du den Zugang zur inneren Ruhe des Seins erfahren kannst.

In diesen Seminaren wirst du dir also aller drei Bereiche des
Mensch-seins bewusst, des Körpers, der Seele und des Geistes.
Selbst-Bewusstsein stellt sich ein.

Solltest du jetzt noch weiter gehen wollen, dann arbeiten wir
daran, dass Wertungen verschwinden die allzeit präsent sind.
Mehr und mehr wirst du im Jetzt leben, im Augenblick. Die Zu-

kunft und die Vergangenheit bestimmen nicht länger den Moment des Seins, der als einzig wahrer existiert. Was du gestern erlebt hast, ist Vergangenheit. Denkst du heute darüber nach, so ist es nicht mehr. Du hast es im Gedächtnis, es ist den Filtern deiner Wahrnehmung und deiner Erinnerung unterworfen. Darin zu bleiben bedeutet, den Moment der gerade jetzt stattfindet, nicht wahr zu nehmen, weil du in der Vergangenheit lebst. Doch gerade jetzt könnte etwas Wichtiges entstehen. Du wirst es verpassen, wenn du an gestern oder morgen denkst.

Die Ruhe, die du schon in der Meditation erfahren hast, breitet sich in deinem Sein aus. Die Polaritäten heben sich auf, indem du sie hier bewusst erfährst. Denn nur was man lebt und erfährt, kann sich transformieren. Bewusstes Nach-Innen-Schauen steht an. Bewusstes Im-Jetzt Leben wird geschehen. Der Mensch ist eins mit sich und allem. Er fühlt die All-Einheit in sich. Zuerst nur als kurzes Aufblitzen und dieses Erfüllt-Sein mit der Göttlichkeit ergreift tief. Mit der Zeit wird dieses Erfüllt-Sein mehr und öfter gefühlt. Doch wird es vielleicht nicht von alleine geschehen, sondern bedarf des Tuns, einer Arbeit. Genau wie auch die seelische und körperliche Einheit nicht ohne Arbeit geschehen ist. Wer nur geschehen lässt, verharrt. Verharren jedoch bringt nicht weiter. Die Übungen sind nur Ideen. Niemals müssen sie so und in der Reihenfolge zwingend geschehen. Noch gibt es die Garantie, dass am Ende die Einheit steht. Vielmehr ist es ein Angebot und jede Übung, so sie gemacht wird, sollte mit allen Sinnen erfahren werden. Wer sich auf diesen Weg auf macht, rollt los, unaufhörlich wie ein Zug, der in Bewegung gebracht wurde. Am Anfang langsam, dann jedoch immer

schneller und schneller. Doch wie beim Zug kostet der Übergang vom Stillstand zur Bewegung die meiste Kraft. Und ist somit die erste Prüfung des Wollens.

In der nächsten Stufe dann öffnen sich Möglichkeiten, die man
vorher nicht geahnt hatte. In den ersten drei Stufen hast du die
Werkzeuge Körper, Geist und Seele geschärft und dich damit für
das eigene Potential geöffnet. In der vierten Stufe geht es darum, das Potential anzuwenden und die Fähigkeiten zu entwickeln. Der Sinn des eigenen Lebens wird nun gelebt, und du bist
dir deiner selbst bewusst. Energie wird im Leben gehalten, und
du schwingst auf einem hohen energetischen Niveau.

Ein altes Sprichwort sagt: "Das Leben endet mit dem Tod." Doch
ist der Tod das Ende? Ist er nicht vielmehr Bestandteil des Lebens?

Tod und Leben sind die größten Polaritäten in unserem Sein.
Leben und Tod existieren gleichzeitig. Was lebt, stirbt, und aus
dem Tod geht neues Leben hervor. Angst vor dem Tod bedeutet
also immer auch Angst vor dem Leben zu haben! Wer jedoch
Angst hat, der lebt nicht. Angst verdrängt das Leben und lässt
uns in der Zukunft oder der Vergangenheit leben. Der Dalai Lama wurde mal gefragt was ihn am meisten in Erstaunen versetzt
und er antwortete:

„Der Mensch, denn er opfert seine Gesundheit, um Geld zu machen. Dann opfert er sein Geld, um seine Gesundheit wiederzu-
erlangen. Und dann ist er so ängstlich wegen der Zukunft, dass

er die Gegenwart nicht genießt. Das Resultat ist, das er nicht in der Gegenwart lebt. Er lebt, als würde er nie sterben, und dann stirbt er und hat nie wirklich gelebt." (Dalai Lama)

Der Augenblick, das Jetzt, ist in unseren Leben ausgeklammert. Wahrhaft jetzt zu leben, wahrhaft zu leben bedeutet den Augenblick wahr zu nehmen. Aus dem Jetzt heraus die Zukunft zu gestalten und die Vergangenheit zu heilen. Die Energie des Seins wird zur Magie.

Mehr und mehr Menschen gehen den Weg dieser Erleuchtung, doch wenige sind bisher in der vierten oder gar fünften Stufe angekommen. Vielmehr stochern sie überall rum, aber nirgends geht es wirklich weiter. Unser Anliegen ist es, uns selbst weiter zu entwickeln und dabei auch anderen zu helfen, sich individuell zu entwickeln.

Dabei ist nicht der besser oder schlechter, der auf einer höheren oder einer niedrigeren Stufe ist. Jede Entwicklung ist einzigartig und in sich nicht vergleichbar. Das System des Pfades ins Licht sollte daher als eine Leiter begriffen werden, an deren Ende die eigene persönliche Erleuchtung steht. Es gibt Helfer, die diese Leiter hinstellen, manche sind weiterentwickelt als du selbst, andere nicht. Sie halten die Stufen und du selbst entscheidest, wie schnell du sie hinaufkletterst, und ob du Sprossen dabei überspringst oder nicht.

Jeder Mensch ist einzigartig und individuell.

Und jeder Mensch trägt das tiefe Wissen in sich, was für ihn gut ist. Dies gilt es wieder zu erwecken.

Ich hoffe, euch das Konzept „Der Pfad ins Licht" ein wenig näher gebracht zu haben und stehe nun gerne für Fragen zur Verfügung." Damit schloss Ralf seine Ausführungen.

Begeistert applaudierte ich mit den anderen. Das klang wirklich toll. Kaum zu glauben, dass dieser Pfad ins Licht ohne Dogmen auskommen konnte. Immerhin hat der Pfad ins Licht ja auch Stufen und daher also sicher doch gewisse Dogmen. Ich beschloss ihn danach zu fragen. „Nein, dogmatisch ist bei uns gar nichts", antwortete er mir liebenswürdig. „Wir haben ein Leitsystem, welches sich bei vielen Menschen bewährt hat, doch wir sind immer offen, für jeden individuell den Weg zu finden, den er gehen möchte. Das klappt auch ganz gut."

„Wie lange brauche ich denn, bis ich alle Seminare gemacht habe?" fragte ein dunkelhaariger Mann aus dem Publikum. „Du alleine entscheidest, wie viel Zeit du investieren willst, welche Gedanken du dir machst, wie viel du übst und wie oft du die Treffen besuchst. Es geht darum, ganz im Einklang mit sich selbst zu stehen und deinen Lebenssinn zu verwirklichen. Wie viel du machst und wie lange, entscheidest du selbst."

Das klang alles irgendwie spannend. Ich verstand allerdings nicht, warum ich mehr über meinen Körper erfahren sollte, immerhin kannte ich ihn doch schon viele Jahre. Ralf erklärte mir das so: „Natürlich kennst du deinen Körper, seit du auf der Welt bist. Du hast sein Wachstum miterlebt und hast entdeckt, dass du mit ihm gehen kannst, sogar laufen. Auch sprechen, singen und tanzen hast du gelernt. Sicher noch viel mehr. Aber du hast nur das kultiviert, wozu du angeregt wurdest. Du weißt doch selbst, es gibt Menschen die mit ihrem Körper Höchstleistungen vollbringen. Sie springen 120 Meter von einer Schanze runter oder laufen 40 Kilometer. Auch wenn du solche Dinge vielleicht mit deinem Körper nicht machen kannst, so glaubst du doch, dass es möglich ist." Ich nickte Ralf zustimmend zu. Natürlich konnte man mehr mit dem Körper machen, man musste nur früh anfangen zu trainieren und dann zielgerichtet darauf hin arbeiten. „Man übt aber nur, wozu man angeleitet wurde" fuhr Ralf fort. „Hat dir bisher jemand gezeigt, dass du die Energie in deinem Körper bewusst lenken kannst? Dass du sie für deine eigene Heilung einsetzen kannst?" fragte er mich und schaute mich erwartungsvoll an. „Nicht direkt" entgegnete ich „aber mit Reiki habe ich so was in der Art schon gelernt" Ralf nickte zustimmend, „dann hast du etwas gelernt, was man normalerweise in unserer Gesellschaft nicht lernt. Zudem hast du erlebt, dass es funktioniert. Du kannst aber noch viel mehr mit deinem Körper machen, wenn man dich nur dazu animiert, es einmal auszuprobieren."

Jetzt war ich wirklich neugierig. Aber mich erschreckte, dass ich in einer Stufe meditieren sollte. Immerhin konnte ich die drei Minuten des Stillhaltens beim Reiki-Geben kaum ertragen. Auch dafür hatte Ralf eine Lösung. „Niemand sagt, dass Meditation immer nur Stillsitzen ist." lächelte er mich an. „Vielmehr geht es bei einer Meditation darum, den Geist zur Ruhe kommen zu lassen. Lass dich überraschen, wie man das bewerkstelligen kann. Ich bin sicher, dass auch du die passende Methode findest", machte er mich neugierig auf mehr.

Ich entschloss mich, ein Seminar zu besuchen. Ja, ich wollte wissen, wer ich bin und zu was ich in der Lage bin. Noch verstand ich nicht wirklich, was da auf mich wartete, aber ich fühlte in mir, dass es der Weg wäre, den ich gehen sollte.

In den nächsten Tagen dachte ich über alle das nach, was ich bisher erlebt hatte, und wie sich mein Leben seit der Scheidung schon verändert hatte.

So hatte ich gelernt Verantwortung für mein Leben zu übernehmen. Richtig bewusst wurde mir dies, als ich eines Tages mit meiner Nachbarin ein Gespräch führte. Sie erzählte mir, wie schrecklich alles für sie gerade sei. Es stellte sich heraus, dass sie einen neuen Arbeitsplatz suchte, aber nichts, was man ihr anbot, passte ihr. Tatsächlich bekam sie sogar viele Angebote. Aber bei einem war ihr der Weg zu weit, beim nächsten passte ihr die Firma nicht, die Bezahlung stimmte nicht, oder die Stel-

lenbeschreibung war ihr nicht genehm. Ich sah, wie sie mit all den Hindernissen kämpfte, und dass es wirklich welche für sie waren. Doch ihr Hauptproblem war, dass sie keine Verantwortung für sich übernahm. Die Schuld lag immer bei anderen, niemals bei ihr selbst. Für sie war es die Wirtschaftslage, die Schuld an ihrer Misere war, die Politik und die Leute beim Arbeitsamt. Wo die Schuld wahrhaftig lag, vermochte ich auch nicht zu sehen, doch mir fiel auf, dass sie sich selbst von jeder Beteiligung freisprach. Es musste eine Art Selbstschutz sein, die ein solches Verhalten auslöste. Das konnte man nur durchbrechen, indem man aufhörte, die Schuld zu suchen, sondern verstand, dass es verschiedene Reaktionsmöglichkeiten gab. Jede hatte ihre Berechtigung.

Ohne, dass es meine Nachbarin wusste, lernte ich viel aus ihrer Art, die Verantwortung für ihr Leben abzugeben. Es bestärkte mich darin, noch mehr darauf zu achten, mein Leben selbst zu verantworten.

Plötzlich fand ich überall Menschen, die keine Verantwortung in ihrem Leben übernehmen. Als hätten sie sich früher nur versteckt, und plötzlich tauchten sie überall da auf, wo ich war.

Sabine erklärte mir, dass es meiner geänderten Aufmerksamkeit zuzuschreiben war. Schon immer hatte es die Menschen gegeben, aber nun, da ich mich mit dem Thema beschäftigte, fiel mir das auch verstärkt auf. Ich sollte es als Hinweis sehen und ganz

bewusst auch aus den Herangehensweisen von anderen lernen, weil es meinen Erfahrungsschatz erweitern konnte.

Noch etwas änderte sich bei mir. Immer öfter konnte ich frei lachen. Die Traurigkeit, die mich früher befallen hatte, wich mehr und mehr von mir. Zwar fühlte ich mich schon manchmal noch alleine, so ohne einen Partner und eine Schulter zum anlehnen, aber das Gefühl der Einsamkeit hatte ich nicht mehr in dem Masse.

So langsam traute ich mich auch, über Reiki zu reden. Es war erstaunlich, wie viele meiner Bekannten auch in einen Reiki Grad eingeweiht waren. Vorsichtig offenbarten wir uns gegenseitig. Mit diesen Menschen konnte ich prima darüber reden und wir übten auch, indem wir uns gegenseitig Reiki gaben. Ich fühlte immer mehr beim Reiki geben und merkte, wie sich meine Wahrnehmung erweiterte.

Immer öfter kam es vor, dass ich während einer Reiki Spende in eine Art Trance fiel. Mein ewig denkender Verstand war einfach ruhig, während ich dastand und Reiki gab. Das war ein sehr angenehmes Erlebnis. Ich probierte aus, ob ich das öfter bekommen könnte, aber immer, wenn ich es ganz besonders wollte, stellte es sich überhaupt nicht ein. Wenn ich nicht daran dachte, kam es aber durchaus vor. Das verstand ich nun überhaupt nicht und beschloss, dass auch in meinem Buch zu vermerken, vielleicht fand ich später eine Lösung dafür.

Jeden Tag gab ich mir Reiki. Am schönsten war es immer, wenn ich die Hände auf meinen Bauch legte. Ich machte es mir zur Angewohnheit, beim Fernsehen Reiki einzuschalten, legte mir die Hände auf den Bauch und genoss das wohlige Gefühl von angenehmer Wärme und Behaglichkeit, die mich nach kurzer Zeit durchfluteten.

Langsam begriff ich, dass alles was geschieht, einen Sinn hat, auch wenn ich diesen nicht immer sofort erkannte. Meine Trennung hatte mich erst auf meinen Weg gebracht. Katja hatte mit ihrer liebevollen Hartnäckigkeit dafür gesorgt, dass ich zum Reiki Seminar kam. Dort lernte ich Monique kennen, die mich wieder zum „Pfad ins Licht" brachte. Ich war wirklich gespannt zu erfahren, was das Leben noch alles für mich bereithielt.

Lisas
Pfad
ins Licht

6. Das Seminar beginnt

Der Tag war gekommen und ich saß erwartungsfroh mit vielen anderen im Raum. Monika hieß unsere Dozentin und sie begrüßte uns sehr herzlich.

„Ich freue mich sehr, dass so viele von euch sich aufgemacht haben, sich selbst zu erkunden", begann sie ihren Vortrag. „Fangen wir auch gleich damit an, eine Bestandsaufnahme zu machen und zu sehen, welch tolles Werkzeug uns in diesem Leben mitgegeben wurde.

Wir leben in einem Körper. Er ist das Werkzeug, mit dem wir alles um uns herum erkunden. Durch seine Augen sehen wir, mit seinen Ohren hören wir. Er trägt uns mit seinen Füßen dahin, wo wir wollen. Mit seinem Mund können wir ausdrücken, was wir wünschen.

Er ist unser Werkzeug, er ist auch das wichtigste Werkzeug, denn wenn er nicht mehr ist, dann können wir so auch nicht mehr sein. Macht euch mal wirklich bewusst, wie wichtig der Körper für uns ist.

Aber macht nicht den Fehler, euch mit diesem Körper zu identifizieren! Wir sind nicht der Körper, wir sind nur weitestgehend in diesem Körper. Er wurde uns zur Verfügung gestellt, um un-

sere Aufgabe zu erfüllen. Er hat also ganz sicher alles, was wir dazu brauchen. Manches davon wird schon entwickelt sein, anderes besteht vielleicht nur in Anlagen und kann noch trainiert werden. Das eigentliche Ich verwendet also diesen Körper für seine Ziele.

Dabei ist nicht wichtig, ob ihr diesen Körper schön oder hässlich findet. Er hat ganz sicher alles, was ihr braucht, alleine darum geht es.

Jedes Mal, wenn man wiedergeboren wird, kommt man in einen neuen Körper. Die Seele muss dann die Funktionsweise dieses Körpers erst wieder lernen, ihn wieder in Besitz nehmen und mit ihm wachsen. Das dauert Zeit und ist immer wieder aufs Neue das Gleiche. Es wäre vielleicht sinnvoller, wenn wir lernen würden, länger und länger in dem jetzigen Körper zu verweilen und möglichst viele unserer Ziele in diesem Leben zu erreichen. Es kostet einfach Energie, uns immer wieder einen neuen Körper zur Verfügung zu stellen. Geht also sorgsam mit diesem um und holt das maximal Mögliche aus ihm heraus.

Wir werden lernen, wie der Körper funktioniert, was er braucht, um optimal zu funktionieren. Wir werden lernen, auf ihn zu hören und seine Bedürfnisse zu erkennen. Seine Möglichkeiten werden ausgelotet und wir versuchen, alles nutzbar zu machen, was er an Potential hat."

So hatte ich den Körper noch nie betrachtet. Überhaupt hatte ich über solche Dinge noch nie nachgedacht. Ich glaubte bislang, dass ich in dem Körper sei und der Verstand mich leitete. Dass der Körper nun nur ein Werkzeug sein sollte, in dem ich mich befand – das war ein völlig neuer Gedanke für mich. Schon was Ralf uns bei dem Informationsabend darüber gesagt hatte, ließ mich mehr darüber wissen wollen, und so lauschte ich Monika aufmerksam.

„Ihr habt alle schon einmal die Energie gefühlt, wie sie durch uns geht", fuhr sie fort. „Durch die Hauptchakren nehmen wir die Energie in uns auf. Diese fließt dann durch den Körper und versorgt jede Zelle. Wir sind jedoch mehr als nur der sichtbare Körper. Uns umgibt eine Aura, eine Energieschicht. Diese ist so hoch schwingend, dass wir sie meist nicht mehr wahrnehmen können. Überhaupt können wir nur Dinge sehen, die unserer Schwingung in etwa angepasst sind. Daher sehen wir nur das Grobstoffliche wie den Körper.

Je weiter man jedoch die Energie erhöht, desto mehr von dem Feinstofflichen nimmt man wahr. Damit ist nicht notwendigerweise nur das Sehen gemeint. Damit ist jede Form der Wahrnehmung gemeint. Nutzt euren Körper dazu. Alle Sinne sind offen und können weiter geöffnet werden.

Wenn ihr beginnt, Energien wahrzunehmen, dann haben die meisten einen bevorzugten Sinn. Es gibt Menschen, die Auren sehen können. Sie sind hellsichtig und dürfen gerne dieses Sehen fördern. Es gibt jedoch Menschen, die fühlen die Aura, se-

hen sie jedoch nicht. Diese sind hellfühlend. Man kennt auch hellwissend. Hellhörend ist schon sehr viel seltener, ebenso wie hellriechend. Möglich ist jedoch alles. Versteift euch daher nicht darauf, unbedingt sehen zu wollen, sondern findet heraus, welcher Sinn bei euch am besten funktioniert. Hört da auf euren Körper, er bietet euch die für ihn beste Wahrnehmung an.

Um überhaupt wahrnehmen zu können, ist es hilfreich sich dafür zu öffnen und sich von Fremd-Energien zu befreien. Haltet eure Energie hoch und lasst sie frei fließen. Wir werden also zuerst einmal die Energien mit Übungen bei euch erhöhen. Dabei üben wir auch gleich die Konzentrationsfähigkeit, die euch später noch von Nutzen sein wird."

Ich konnte mir nicht vorstellen, hellsehend sein zu können. Das konnten doch nur Heiler und keine gewöhnlichen Menschen, wie ich es nun mal war. Aber meine Neugierde trieb mich auch hier wieder voran und so machte ich bei den Übungen mit.

Wir setzten uns alle in eine Meditationshaltung mit verschränkten Beinen und aufrechtem Rücken. Monika legte eine sehr ruhige Musik auf. „Atmet ganz bewusst in eurem Tempo ein und aus", sprach sie mit ruhiger Stimme weiter. „Stellt euch vor, dass ihr beim Einatmen alles aufnehmt, was gut für euch ist und euer Körper gerade braucht. Beim Ausatmen stellt euch vor, dass euch alles verlässt, was nicht zu euch gehört. Entlasst es mit einem Gefühl der Dankbarkeit. Lasst es los." Ich hatte das Gefühl leichter zu werden, während meine Aufmerksamkeit

immer mehr in mich rutschte. Zwar wusste ich, dass noch andere im Raum waren, aber ich nahm sie immer weniger wahr. Nur
Monikas Stimme drang noch zu mir, während ich saß und atme-
te.

„Fühlt wie der Atem euren Körper durchfließt. Wie die passende Energie zu jeder Stelle gelenkt wird. Fühlt sie in eurem Brustraum, im Bauch. Nun fühlt, wie sie in den rechten Arm geht.
Beim Ausatmen verlässt euch wieder alles, was nicht zu euch
gehört. Fühlt die Energie im linken Arm, danach in den Beinen.
Euer ganzer Körper ist mit Licht durchflutet. Nun öffnet langsam
wieder die Augen, schaut dabei auf den Boden vor euch und
bleibt mit eurem Gefühl in eurem Körper. Was um euch geschieht ist nicht wichtig. Ihr nehmt nur euch und meine Stimme
wahr."

Als ich die Augen öffnete, fiel es mir etwas schwerer, das Gefühl
in mir zu halten. Ich schaute daher einfach durch die anderen
hindurch. „Jetzt nehmt einen Zeigefinger vor die Augen, so dass
ihr ihn gut sehen könnt. Versucht nun einmal die Energie eures
Körpers in diesen Zeigefinger fließen zu lassen. Leitet die Energie genau in die Fingerspitze. Stellt euch vor, wie die Fingerspitze immer wärmer wird. Mehr und mehr glüht die Fingerspitze."
Ich konzentrierte mich auf die Fingerspitze und hatte erst einmal Mühe meinen Energiefluss dabei nicht zu unterbrechen. Es
dauerte eine Weile, in der ich schon fürchtete, nichts könne

geschehen, als mein Finger sich plötzlich wärmer anfühlte als vorher.

Je länger ich das machte, desto wärmer wurde er. Mit der Zeit war das fast schon unangenehm und ich war froh, als Monika den Versuch beendete. „Habt ihr es fühlen können?" fragte sie. Einigen gelang es nicht, doch Monika tröstete sie damit, dass es nicht so leicht sei und einfach mehr Übung erfordere. Andere bekamen so warme Finger, dass sie diese jetzt kühlen wollten. Erstaunt nahm ich dies alles zur Kenntnis. Wie war das möglich, was war in mir geschehen, dass mein Finger wahrhaft warm wurde?

„Ihr habt gefühlt, dass euer Finger tatsächlich warm wurde. Das kann nur geschehen, wenn ihr es geschafft habt, ihm mehr Energie zu geben. Willentlich wurde die Energie eures Körpers in eine bestimmte Stelle gelenkt. Diese Fähigkeit werdet ihr auf dieser Stufe üben und trainieren, denn sie hilft euch dabei, den Körper wahrhaft in Besitz zu nehmen. Je besser ihr das nämlich könnt, desto leichter fällt es euch, zu jeder Situation diese Energie dahin zu bringen, wo sie gerade gebraucht wird. Ihr könnt die Energie für Heilung verwenden. Je gezielter und stärker ihr sie einsetzen könnt, desto schneller und besser wirkt sie auch. Schmerzen können damit vollständig verschwinden. Ihr werdet es ausprobieren, doch noch braucht ihr mehr Übung, um das auch in einem Extremfall wahrhaft einsetzen zu können."

Es war verblüffend wie einfach das ging. Mir fiel es sehr leicht, die Energie in den Finger zu schicken. Einfach, indem ich meinen

Finger anschaute, ging es schon los. Um es zu verstärken stellte ich mir vor an meiner Fingerspitze wäre eine Saugpumpe die alle Energie aus dem Körper an diese Stelle saugen würde, unaufhörlich.

Noch während ich das dachte, wurde mein Finger richtig heiß und pochte heftig. Wenn ich mich so auch heilen könnte, wäre das einfach Klasse. Meine Gedanken schweiften ab von dem, was Monika gerade erzählte. Schnell konzentrierte ich mich wieder auf sie.

„Das Energiefühlen und Energielenken ist eine Sache, die euer Körper kann, wenn ihr ihn aufladet. Ihr habt euch fest vorgestellt, wie gute, hilfreiche Energie in euch einströmt, wenn ihr einatmet. Der Wille folgt der Aufmerksamkeit. Das ist ein wichtiger Satz. Dadurch, dass ihr eure Aufmerksamkeit darauf gerichtet habt, nur passende Energie in euch hineinzulassen, ist genau dieses geschehen. Gefiltert kam nur das rein, was für euch passt. Weiter habt ihr euch vorgestellt, habt visualisiert, wie alles, was nicht zu euch gehört, euch wieder verlässt und mit dem Ausatmen hinaus ging. Mit dieser Vorstellung habt ihr wieder Tatsachen geschaffen, und es hat funktioniert. Ihr habt euch sehr schnell anders gefühlt, als ihr damit begonnen habt. Der Wille folgt der Aufmerksamkeit.

Ihr könnt eure Aufmerksamkeit auf jede Stelle eures Körpers lenken und ihn damit verändern. Aber nicht nur der Körper, ihr könnt die Energie überall hinschicken, wo ihr wollt. Einzig der Wille und die Aufmerksamkeit sollten rein und klar in euch sein.

Das erfordert jedoch Übung, und um das zu trainieren, seid ihr hier.

Je mehr ihr also lernt, was ihr mit eurem Körper alles anfangen könnt, desto besser setzt ihr ihn auch ein. Umso mehr nutzt er euch auf eurem Weg.

Mit diesen Übungen kann man eigene Krankheiten heilen, man kann aber auch andere heilen. Der Fantasie sind keine Grenzen gesetzt. Einzig unser Verstand hindert uns, der Glaube, dass etwas nicht geht, wirkt wie eine Barriere. Es sind Schranken die wir uns in den Kopf gesetzt haben. Fesseln, die wir uns angelegt haben und die es zu sprengen gilt. Mit der Zeit werdet ihr das auch. Im Moment reicht es jedoch, wenn wir weiter üben, die Energie willentlich in unserem Körper fließen zu lassen." Monika machte eine kleine Pause.

Meine Gedanken überschlugen sich und mir schwirrte der Kopf. Es funktionierte wirklich! Ich konnte mit meiner Aufmerksamkeit bestimmen, was zu mir kommt und was nicht!

Mir fiel die Zeit ein, als ich neben den Bahngleisen wohnte. Am Anfang hatte ich jeden Zug gehört, der vorbeifuhr, doch mit der Zeit hörte ich die Züge immer weniger und dann gar nicht mehr. Das fiel mir erst auf, wenn Besucher erschrocken aufschauten und ich, auf der Suche nach dem Grund ihres Erschreckens, den Zuglärm als Ursache wahrnahm. Meine Aufmerksamkeit hatte sich verlagert.

Wie schlimm wäre es aber gewesen, wenn ich die Züge gehasst hätte, wenn ich bei jedem, der vorbeifährt, aufgeschrien hätte und mich über den lauten Zug beschwert hätte. Ich musste lächeln. Nun, dann hätte ich meine Aufmerksamkeit ganz bewusst auf den Zug gelenkt und ihn natürlich erst recht gehört. Je mehr ich ihn hörte, desto mehr Grund hätte ich gehabt mich zu beschweren und ihn dadurch nur noch mehr gehört. Es wäre ein Teufelskreis entstanden, dem ich kaum mehr hätte entrinnen können.

Der Wille folgt der Aufmerksamkeit.

Es ist also sehr wichtig zu unterscheiden worauf ich meine Aufmerksamkeit richte und so notierte ich in mein Büchlein:

- **Ich richte meine Aufmerksamkeit auf Dinge, die gut für mich sind**

Monika fuhr fort. „Übt noch einmal das Lenken der Energie und nehmt nun die ganze Hand. Atmet wieder ein und aus und stellt euch vor, wie gute Energie bei jeder Einatmung in euch kommt und alles was nicht zu euch passt bei der Ausatmung aus euch strömt. Schaut euch die Hand an und experimentiert mal mit eurer Wahrnehmung von Wärme darin. Ich werde durch die Reihen gehen und euch unterstützen." Ich nahm einige Atemzüge und fühlte wie meine Aufmerksamkeit in mich rutschte. Als ich das Gefühl hatte, genügend Energie geladen zu haben, schickte ich sie in meine rechte Hand. Doch nichts geschah.

Wieder nahm ich alle meine Kraft zusammen und gab der Energie in mir den Befehl, sofort in meine Hand zu schießen und wieder geschah nichts.

Hilflos schaute ich mich nach Monika um, die schon ganz in meiner Nähe stand. Erneut probierte ich es und wieder und wieder. „Verkrampfe nicht. Du willst und doch behinderst du dich. Das Wollen muss frei in dir fließen", sagte Monika die plötzlich neben mir stand. „Wisse einfach, dass es geht und erlaube der Energie, in deine Hand zu fließen." Sie hatte Recht. Ich war mittlerweile vollständig verkrampft und mein Wollen legte sich wie ein Seil eng um meinen Körper. Mit ihren Worten entspannte ich mich und fühlte, wie mein Wunsch, dass die Hand warm werden möge, aus meinem Kopf den Hals hinabfloss und weiter über den Arm und in die Hand. Als der Strom in meiner Hand ankam, wurde sie sanft erwärmt.

„Formuliere den Wunsch, lass ihn dann jedoch los und lass zu, dass es geschieht," riet mir Monika. „Krampfhaftes Wollen behindert. Wisse einfach: Dein Wille geschieht. Erwarte nichts anderes und es geschieht." Ich tat wie geraten und lies los. Das veränderte etwas in mir. In dem Moment als mein Wunsch im Geiste formuliert war, gab ich ihn ab. Ich lies meinem Körper die Wahl, wie er meinen Wunsch nach starker Energie in meiner Hand erfüllen möge. Die Erfüllung war nichts, was ich beeinflussen wollte, es war nur wichtig, dass es geschah. Ich wechselte die Seite und sprach gedanklich den Wunsch aus, die Energie

möge nun in meine linke Hand fließen. Dann gab ich den Wunsch frei.

Augenblicklich schoss eine Wärme und Kraft in meine Hand, die so stark war, dass ich erschrocken hinschaute. Hatte ich mich verbrannt? Nichts war an meiner Hand zu sehen, doch das Gefühl war ähnlich intensiv gewesen. Ich war verblüfft und übte an anderen Körperstellen weiter. Auf meinen Wunsch hin wurde mein Knie mal warm, mal kalt. Auch mit meinen Füssen funktionierte es. Im Bauch fühlte es sich wohlig an. In jede Körperstelle lenkte ich Energie. Ich war total begeistert, wie gut es funktionierte. Es gelang mir zwar nicht, den Energiefluss lange aufrecht zu halten. Doch das war nicht schlimm. Mit etwas Übung würde ich da schon besser werden.

Lisas
Pfad ins Licht

7. Die Kundalini Energie

„Ihr habt nun einen kleinen Einblick bekommen, in das, was mit Energie in eurem Körper machbar ist", setzte Monika ihre Erklärungen fort. „Daher möchte ich euch nun von einer Energie erzählen, die in euch schlummert und die von den wenigsten bisher genutzt wird. Es handelt sich dabei um die Kundalini Energie. Kundalini ist eine sehr starke Kraft, die wir uns zu Nutze machen können. Jedoch muss man dabei vorsichtig und achtsam vorgehen, denn die Stärke der Kundalini ist sehr hoch. In vielen Kulturen wird sie Kundalini-Schlange genannt und man spricht davon, dass die Schlange einen verschlingt, wenn man sie unsanft weckt. Geht also bitte behutsam damit um, und lasst euch Zeit.

Kundalini schlummert in einer Energieblase, die am unteren Ende der Wirbelsäule lokalisiert ist. Nur wenn diese Energie frei fließen kann, die Wirbelsäule aufsteigt und durch die offenen und gereinigten Chakren nach oben fließt, kann es zu einem hohen spirituellen Bewusstsein kommen. Sie sanft zu erwecken und aufsteigen zu lassen, ist daher ein Ziel der eigenen Entwicklung.

Wir werden euch langsam auf den Prozess vorbereiten, um Kundalini dann aufsteigen zu lassen. Habt ihr sie erweckt, dann fühlt ihr euch eins mit dem Universum. Das Glück, die Liebe der Welt, lebt in euch und durch euch. Das Gefühl ist mit nichts zu vergleichen.

Doch hat man dem Menschen die Möglichkeit gegeben einen kurzen Ausblick auf eine geöffnete Kundalini Kraft zu bekommen. In der sexuellen Vereinigung zweier Menschen in Liebe, wenn es zum Orgasmus kommt, in dem Moment erlebt man die Kundalini Kraft aufsteigen und fühlt das Göttliche-Sein in sich. Daher wird in der Literatur der Orgasmus auch das höchste Glück genannt, denn in der Tat fühlt man währenddessen das Glück der Einheit. Bei voll erweckter und frei fließender Kundalini fühlt man dieses Glück jederzeit in sich. Das ist unbeschreiblich schön."

Ich schaute nachdenklich auf Monika. Meinte sie im Ernst, dass man mit einer Art Dauerorgasmus rumrennen könnte? So richtig verstand ich das nicht und überhaupt, es war mir ein wenig peinlich, dass wir vor all den Teilnehmern über Dinge wie Orgasmen sprachen. Ich hielt mich nicht für verklemmt, aber solche Dinge besprach man nicht in der Öffentlichkeit. Wenn ich ehrlich war, besprach ich das auch nie mit meinem Partner. Es war mir einfach unangenehm und so wählte ich lieber andere Gesprächsthemen aus, wenn ich das konnte. Aber nun ging es nicht nach meinen Wünschen, denn Monika hörte nicht auf über Sexualität zu sprechen:

„Wisst ihr, warum die Sexualität so tabuisiert wurde in unserer Vergangenheit? Als wir noch im Zeitalter der Egoerweckung lebten und Machthaber solche dominierten, die ihre Macht abgaben, da erkannten einige diese Form der Erleuchtung als Gefahr. Ein Mensch, der eins mit allem ist, unterliegt nicht mehr der Macht

anderer. Er ist nicht beugbar und nicht bezwingbar. Er hat sein drittes Chakra im Einklang und entzieht sich dem Machteinfluss. In dieser Zeit erkannten die Machthaber, dass über die Vereinigung von Mann und Frau, den erlebten Orgasmus, der daraus erfolgt, eine Einheit mit dem Göttlichen geschehen kann. Sie verboten also den Sex. Verboten, ihn frei zu leben. Tabuisierten ihn, stempelten ihn nur als ein Zeugungsgeschäft ab, ohne das Wunderbare zu beachten, das er bieten kann. Damit nahmen sie den Menschen einen natürlichen Zugang zu sich selbst, zu dem Sein mit sich. Letztlich nur, um sie besser beherrschen zu können.

Ich möchte euch anregen, darüber nachzudenken, welchen Sinn diese Tabus machen. Welchen Sinn Verbote machen. Denkt immer und bei jedem Thema darüber nach und hinterfragt es für euch.

Sexualität an sich ist keineswegs schlecht, sie frei zu leben wunderschön. Wie und warum man sie lebt und auch mit wem, unterliegt den Tabus der Gesellschaft in der man lebt. Überdenkt auch diese Tabus einmal. Hinterfragt euch, warum bei uns Sex nur innerhalb der Ehe wirklich erlaubt ist. Warum die Sexualität nur mit einem festen Partner gelebt werden soll, wie es unsere Gesellschaft verlangt. Wer schreibt das vor? Warum folgt ihr diesen Vorschriften?"

Das war ja wohl klar. Wer wollte schon, dass sein Partner fremd geht? Wer konnte schon den Gedanken ertragen, dass er mit einer anderen im Bett liegt und viel Spaß hat.

Noch während ich das dachte, hielt ich inne. Wer konnte schon den Gedanken ertragen……

Das bedeutete ja, dass letztlich ich meinem Partner verbiete, Sex mit anderen zu haben, weil ich ein Problem damit habe. Mir ging ein Licht auf: Ich habe ein Problem damit. Mir ist der Gedanke unerträglich, dass er sich mit einer Anderen vergnügt. Mir ist der Gedanke unerträglich, dass nicht ich es bin, die ihm Freuden schenkt. Eifersucht vertrieb die Liebe. Es ging von mir aus. Ich verbot es dem Partner. Es war mein Ego, das verletzt werden würde, wenn er fremd ging.

Würde ich wahrhaft lieben, könnte ich mich mit ihm über jedes Schöne freuen, das er erlebt. Wenn er eine wunderbare Frau kennengelernt hätte und mit ihr herrliche Stunden verbracht hätte, würde ich mich mit ihm freuen, wenn, ja wenn nicht meine Eifersucht genährt von meinem Ego dazwischenfunken würde. Zurückgesetzt käme ich mir vor, minderwertig und unwichtig.

Meine Art zu Denken veränderte sich gerade. Früher dachte ich, es sei normal, dass man nicht fremdgeht. Nun verstand ich, dass es etwas ist, was mein Partner für mich tut. Er schützt mich vor einer Verletzung, die ich erleiden könnte. Er schützt mich vor dem Gefühl, eifersüchtig zu sein. Die Art wie ich die Dinge sah, der Blickwinkel den ich darauf hatte veränderte sich gerade.

Mir fiel es wie Schuppen von den Augen. Es hing von meiner Art zu denken ab. Nicht mehr länger war es für mich selbstverständlich, dass man nicht fremdgeht, es war vielmehr sehr liebenswürdig von

130

meinem Partner mich nicht da zu verletzen, wo ich noch verletzlich war. Nämlich bei meinem Ego. Es täte meinem Ego überhaupt nicht gut, wenn er eine andere toll fände. Damit würde ich mir zurückgesetzt vorkommen.

Auch hier übernahm ich nun Verantwortung für mein Leben. Doch ich beschloss, auch solange mit meinem Ego zu arbeiten, bis ich mich mit meinem Partner über schöne Dinge, die er erlebt, freuen konnte, ganz gleich, was ihm Freude bereitet.

Das würde kein leichter Weg werden, soviel war sicher. Doch ich wollte ihn gehen.

Nach einer Pause fuhr Monika fort. „Es ist uns ein anliegen euch zum eigenständigen Denken anzuregen, zum Hinterfragen und in euch Fühlen. Es geht niemals darum, die Meinung anderer anzunehmen oder zu übernehmen. In eurem Leben geht es um euch. Jeder lebt sein Leben für sich.

Übernehmt daher nichts, ohne selbst darüber nachzudenken. Durch die Beschäftigung mit dem Thema findet jeder seinen Weg und ihr erinnert euch, es gibt so viele Wege, doch letztlich führt nur der eigene zum wahrhaften Ziel."

Lisas
Pfad Licht
ins

8. Ernährung

„Hinterfragt euch einmal, was der Körper braucht um zu existieren?", fing Monika ein neues Thema an.

„Wir müssen essen", warf ich ein, weil mein Magen langsam heftig zu knurren anfing. „Stimmt absolut, Lisa, ohne zu essen würde der Körper nach einiger Zeit verhungern", nickte mir Monika zu. „Trinken müssen wir", folgten schon die nächsten Ideen „atmen müssen wir". Monika lächelte, „ihr habt absolut Recht, wir essen, trinken und atmen. Alleine mit diesen Dingen kann der Körper existieren. Für die Seele, die mit diesem Körper lebt, wäre das allerdings zu wenig. Sie würde an Unterforderung leiden und verkümmern. Dem Körper hingegen reicht es aus, zu trinken, zu essen und zu atmen.

Unser Werkzeug verfügt zudem über ausgezeichnete Schutzvorkehrungen. Dinge, die ihm schaden kann er eliminieren und ausscheiden. Um ihn darin zu unterstützen, braucht ihr nur darauf zu achten, dass ihr gut ausscheidet.

Ausscheiden kann der Körper mit dem Stuhl über den Darm, mit dem Urin über die Niere, mit der Ausatemluft über die Lunge und mit dem Schweiß über die Haut.

Wir können also gegenüberstellen was der Körper benötigt". Und
Monika malte folgendes auf ein Flipchart:

Rein in den Körper	**Aus dem Körper hinaus**
• Essen	• Stuhl
• Trinken	• Urin, Schweiß
• Einatemluft	• Ausatemluft

Danach fuhr sie fort, „Diese Funktionen gilt es aufrecht zu erhalten.
Dann kann der Körper alles von selbst regeln.

Die Art und Weise, wie wir essen, hat sich in den letzten 100 Jahren drastisch verändert. Unsere Nahrungsmittel werden weit von
uns weg angebaut und dann zu uns gefahren. Meist unterliegen sie
maschineller Weiterverarbeitung. Oft ist uns das nicht einmal bewusst. Wir wissen gar nicht mehr, was alles gemacht werden muss,
um eine Pizza herzustellen, die wir eingefroren kaufen und für die
Zubereitung in den Backofen schieben können. Es ist uns gar nicht
bewusst, dass die meisten Erdbeerjoghurts keinerlei Erdbeeren
mehr enthalten. Aromen bestimmen unsere Lebensmittel. Sie sind
in allem drin was „schmeckt". Dazu kommt noch ein Cocktail aus
Konservierungsstoffen, Farbstoffen, Geschmacksverstärker und
Emulgatoren. Oft sind die mit gänzlich harmlosen Namen auf den
Produkten und wir wissen gar nicht, wie schädlich sie wirklich sind.
Doch ihr Schaden ist nachgewiesen und wohlbekannt. Ein Heer von

Heilpraktikern und Ernährungsberatern ist täglich mit den Auswirkungen dieser Form der Ernährung konfrontiert.

Das Wichtigste ist daher, diese Stoffe nach und nach weg zu lassen. Wenn der Körper dann weniger und weniger Gift eliminieren muss, wird er mehr Energie übrighaben und ihr könnt den Körper als Werkzeug immer effektiver einsetzen.

Achtet daher von nun an bitte darauf was ihr esst. Hat es Zusatzstoffe? Gibt es keine Möglichkeit euer Essen ohne diese zuzubereiten? Denkt aber auch daran, dass Essen gehen und in Gesellschaft Essen sehr schön sein kann und daher auch viel Energie bringen kann. Zerstört es euch auch nicht damit, dass ihr lieber auf das Essen verzichtet, weil ihr im Restaurant nicht genau wisst, welche Zusatzstoffe sich in den Gerichten verbergen. Hier, wie überall, gilt es, einen goldenen Mittelweg zu finden.

Mit der Zeit werdet ihr darauf achten, dass euer Körper zu jeder Zeit die benötigten Stoffe bekommt. Diese werden möglichst rein verarbeitet und bei der Verarbeitung erhalten sie noch liebevolle Energie.

Urvölker danken jeder Pflanze für ihr Opfer, bevor sie diese ernten. Dadurch, dass liebevoll mit den Lebensmitteln umgegangen wird, werden diese mit guter Energie geladen. Wir kennen dieses Verhalten, wenn wir stolz ein Essen präsentieren und hinzufügen es sei „mit Liebe gekocht" und in der Tat schmeckt es viel besser.

Der Arzt Paracelsus sagte schon im 15. Jahrhundert: *„Lasst eure Lebensmittel eure Heilmittel sein."* Pfarrer Kneip ergänzte dieses, in dem er sagte: *„Der Weg zur Gesundheit geht über die Küche, nicht über die Apotheke."*

Dass Essen einen so starken Einfluss auf den Körper hat, war mir bislang nicht bewusst gewesen. Natürlich war es wichtig, was man aß, und ich achtete auch darauf, gesund zu essen. Aber so richtig wusste ich nicht, was gesundes Essen wirklich ist. Man liest überall etwas. Einmal soll man ganz viel davon essen, dann wieder mehr von etwas anderem. Ein wenig undurchsichtig war das schon. Bisher habe ich immer eine gute Mischung hin bekommen aus Gesundem und Schmackhaftem. Ich war gespannt, was ich noch dazu lernen würde.

Helfer hatten, während Monika mit uns sprach, schon ein kleines Buffet aufgebaut. Mehrere Schalen mit Erdbeerjoghurt standen für jeden darauf. Sie waren alle mit Nummern gekennzeichnet.

„Lasst uns nun mal einen Test machen, wie stark unsere Sinne durch künstlich veränderte Lebensmittel schon getrübt wurden. Ich bitte euch, von jeder Schale mal zu kosten. Bitte beurteilt jede Schale nach Geschmack und Geruch. Findet eure persönliche Rangliste und wenn ihr wollt, überlegt mal, welcher künstlich ist und welcher nicht. Notiert es euch und nachher sprechen wir darüber."

Ich ging los und füllte mir die Nummer 1 in ein Schälchen ein. Er sah leicht rötlich aus, Erdbeerstücke fand ich jedoch keine. Nun, kombinierte ich sofort, dann ist es bestimmt ein künstlicher Joghurt. Er schmeckte angenehm nach Erdbeeren fand ich. Nummer 2 enthielt große Erdbeerstücke, die jedoch matschig und dunkel waren. Überhaupt war er nicht so cremig und leicht und ich fand nicht, dass er gut schmeckte. Der nächste war etwas säuerlich. Nummer 4 schmeckte mir ganz gut, aber ich fand Nummer 5 und Nummer 6 waren nicht anders. Höchstens, dass Nummer 6 am cremigsten war und vielleicht runder schmeckte und Nummer 5 von den dreien eher der fadeste war. So probierte ich mich durch und war mir recht sicher, dass meine Sinne gut funktionierten.

„Bevor ich das auflöse, fragt mal euer Unterbewusstsein, welcher Joghurt der gesündeste wäre, gänzlich unabhängig von Geschmack, Geruch, Farbe oder Aussehen. Fragt es und nehmt gleich die erste Antwort. Was danach kommt produziert nämlich eher euer Gehirn." Ich setzte sofort um, was Monika sagte, und erhielt die Nummer 4 als Antwort. Das fand ich schon erstaunlich, da mir persönlich die Nummer 1 am besten schmeckte, gefolgt von der Nummer 6.

Ich notierte alles in die vorgefertigte Liste

Nr	Ge-schmack	Geruch	Konsis-tenz	Frücht-stücke	Favorit
1	nach Erdbee-ren	normal	cremig	keine	mein Favorit
2	Unlecker	normal	matschig ehr fest	große aber matschig	gar nicht
3	säuerlich	säuer-lich	etwas matschig	große, aber auch matschig	-
4	nach Joghurt	normal	fester aber auch cremig	keine	gesün-dester ?
5	fade	normal	flüssiger	keine	Nr. 3
6	runder Ge-schmack	nach Erd-beeren	Cremig	ja	Nr. 2

„Nummer 1 war Joghurt mit Erdbeeraroma und roter Lebensmittelfarbe. Dass er euch vermutlich geschmeckt hatte, lag daran, dass er sehr stark gesüßt wurde." Klärte uns Monika auf.

Er enthielt nur Aroma und keine Erdbeeren. Ich war fassungslos. Dabei mochte ich Erdbeeren wirklich gerne, pflückte sie auch selbst, wenn sie im Mai und Juni bei uns wuchsen. „Nummer 2 ist selbst gemacht aus gefrorenen Erdbeeren. Die matschen leicht, wenn man sie auftaut, sieht daher nicht so gut aus. Er enthält Magerquark, das macht ihn nicht so cremig wie viele das vielleicht mögen. Das haben wir bei Nummer 2 gelöst, indem wir dort noch Joghurt eingerührt haben, Milch geht auch. Außerdem enthält Nummer 3 noch einen Schuss Zitronensaft, der selbst gepresst wurde. Nummer 4 ist ein frischer Bioland Joghurt mit frischen Erdbeeren, die ebenfalls von Bioland kommen. Nummer 5 ist ein herkömmlicher Joghurt mit frischen Erdbeeren aus herkömmlichem Anbau. Nummer 6 ist ein Kunstprodukt, das mit Erdbeeren nichts zu tun hat, die Stücke darin sehen zwar so aus, sind aber keine Erdbeeren. Der Geschmack wurde über Zucker und Aromen eingestellt, die Farbe kommt von Farbstoffen."

Sie bat uns nun um Handzeichen für die jeweiligen Favoriten. Es war wirklich erstaunlich zu sehen, dass fast jeder die künstlichen Aromen den natürlichen vorzog.

Monika erklärte uns warum das so ist. „Wir haben immer seltener das Geschmackserlebnis, das man durch frische Pflanzen bekommt. Das liegt daran, dass Massenproduktion immer auf Kosten der Qualität, also auch des Geschmacks, geht. Um dieses Manko zu kompensieren gibt die Industrie künstliche Aromen zu. Wir werden

so einfach auf das Künstliche geeicht. Schon von Kindesbeinen an ist das so. Kinder trainieren ihren Geschmack schon im Bauch der Mutter. Man fand heraus, dass sie vom Fruchtwasser naschen und so mit Aromen aus der Nahrung der Mutter in Kontakt kamen. Je vielfältiger und natürlicher die Mutter sich in der Schwangerschaft ernährte, desto eher essen die Kinder anfänglich fast alles, was man ihnen anbietet. Doch schon schnell bevorzugen sie Industrienahrung. Wenn man sie nun gewähren lässt, gewöhnen sie sich so sehr daran, dass sie kaum mehr frische Kost annehmen. Später ist es viel schwerer, sich wieder umzugewöhnen.

Probiert nun mal Nummer 4 und Nummer 5 und vergleicht die beiden miteinander. Nummer 4 ist aus Bioland Anbau und Nummer 5 ist aus konventionellem Anbau, also aus einer Massenproduktion."

Wir probierten und schmeckten und Monika zeigte uns, wie man seinen Geschmackssinn verfeinern kann. In der Nummer 4 konnte man viel mehr Geschmacksvielfalt finden als in der Nummer 5. Spannend war auch, dass bei den meisten die 4 als gesündester rauskam, als sie ihr Unterbewusstsein danach fragten. Bei mir war das ebenfalls so. Ich konnte also auf mein Unterbewusstsein vertrauen, wenn ich meine Nahrungsmittel auswählte. Bioland und Demeter haben sehr strenge Richtlinien und unterscheiden sich ein wenig durch die Ideologie die dahinter steht, doch beide setzten die allerhöchsten Maßstäbe an die Produktion und Verarbeitung. Früher waren beide recht teuer, doch mittlerweile kann man sogar schon Bioland Produkte in normalen Supermärkten bekommen. Bei Anbau und Verarbeitung wird viel Energie in den Produkten gelas-

sen. Tiere werden keinem unnötigen Stress ausgesetzt, und so sind die Lebensmittel in allen Belangen gesünder als andere.

Dennoch, wichtig ist, dass die Zusatzstoffe wegbleiben. Welche Qualität ein Lebensmittel hat, ist ein weiterer Schritt und muss wirklich nicht gleich von Anfang an befolgt werden, erklärte uns Monika.

Dass mir die Kunstprodukte am besten schmeckten, irritierte mich schon, und ich nahm mir vor, mehr darauf zu achten, was in meinen Lebensmitteln enthalten ist.

Ich verstand langsam, dass die Energie, die mein Körper am Leben hält, aus den Lebensmitteln kommen musste, die ich aß. Ich konnte wirklich nicht erwarten, einen perfekt funktionierenden Körper zu haben, wenn ich ihn mit schlechten Produkten fütterte.

„Macht jetzt nicht zu viele Schritte auf einmal. Das kann dazu führen, dass man alles auch wieder lässt" riet uns Monika. „Achtet im Moment erstmal darauf, welche Zusatzstoffe ihr esst, schaut euch an, was in den Lebensmitteln drin ist, und macht euch bewusst, wie sie entstanden sind. Hinterfragt es, wenn ihr es nicht versteht. Ihr könnt eure Nahrungsmittel dann selbst mit Energie aufladen, in dem ihr ihnen Reiki gebt. Oder sprecht ein Gebet, ein Segen darüber. Denkt positiv, wenn ihr sie zubereitet. Diese Energie überträgt sich und die nehmt ihr dann wieder mit auf.

Positives Denken ist eine sehr machtvolle Sache. Wir haben schon bei der Energie-Fluss-Übung gefühlt, wie unsere Gedanken die

Wirklichkeit verändern. Dass dies funktioniert, wissen ganz viele Menschen schon. Es gibt ein wundervolles kleines Büchlein zu dem Thema „Bestellungen beim Universum" von Bärbel Mohr. Sie beschreibt darin, wie einfach es ist, sich etwas zu wünschen, dann geschieht es schon. Mit dem Wunsch, den man aber danach geschehen lassen muss, erschafft man seine Realität. Wir sind alle die Schöpfer unserer Realität. Wenn wir traurig und griesgrämig durch die Welt gehen, so wird diese uns Grund liefern, weiter traurig und griesgrämig zu sein. Gehen wir freudvoll durch das Leben, erhalten wir auch Freude. Was man sät, das erntet man. Diese Volksweisheit basiert auf dieser Erkenntnis. Erschafft euch eure Wirklichkeit mit euren Gedanken. Denkt so, wie ihr leben wollt.

Das sagt sich nun einfacher als es am Anfang erscheinen mag. Mit der Zeit wird es so leicht werden, doch am Anfang mag es unerreichbar erscheinen. Es ist jedoch wie immer, jeder Weg beginnt mit dem ersten Schritt. Geht los, habt den Mut, den ersten Schritt zu machen, der ist meist der schwerste. Der nächste fällt dann schon leichter. Geht den ersten Schritt auf eurem Weg und ändert eure Denkweise. Denkt nicht „bei mir ist eh alles mies" sondern sagt euch stattdessen: „Ab jetzt wird es besser". Beim Ersten richtet ihr eure Aufmerksamkeit auf das Schlechte. Ihr geht davon aus, dass es so weiter geht. Damit zieht ihr das Schlechte an, bittet förmlich darum. Jeder Wunsch, den wir haben, wird jedoch erfüllt, daher auch dieser, und alles wird nun eben schlecht.

Wenn man jedoch „Ab jetzt wird es besser" sagt, ändert man ein wenig die Sichtweise. Man setzt ein Stoppsignal und richtet den Focus auf eine bessere Zukunft. Das ist ein Anfang, eine Veränderung, die auch wirken wird. Glaubt es selbst, sagt es euch so oft, dass ihr es glaubt. Wenn ihr das macht, dann ist es eine Affirmation, eine Selbstsuggestion geworden. Das Wiederholen von heiligen oder positiven Selbstsuggestionen ist wohl so alt, wie die Spiritualität an sich. Eine positiv gehaltene Aussage, die wiederholt wird, ist eine Selbstkonditionierung. Sie kann in Form eines Mantras oder einer selbsterfüllenden Prophezeiung geschehen. Wichtig ist, dass man es in der Gegenwart formuliert und Verneinungen ausschließt. Verneinungen wie „nicht" oder „keine" kann das Unterbewusstsein nicht verstehen. Es erfüllt dann den Wunsch, indem es die Verneinung einfach auslässt. Aus „Ich möchte nicht krank werden" wird dann im Unterbewusstsein „Ich möchte krank werden" und es wird erfüllt. Meist sagt man die Affirmationen mehrmals und wiederholt sie oft tagelang. „Ich bin glücklich, reich und zufrieden" ist eine allgemein gehaltene Affirmation. Wichtig ist hier die Gegenwart. Sagt man stattdessen „Ich möchte glücklich, reich und zufrieden werden", dann wünscht man sich auf dem Weg dahin zu sein. Man suggeriert nicht die Erfüllung, man suggeriert sich auf dem Weg zu sein – und verbleibt dort. Erreicht wird das Ziel damit nicht."

Wenn das alles stimmte, dann hatte ich mir mit meinem Gejammer wirklich schlimmes angetan. Als ich jedem von meinem Leid erzählte, habe ich mich damit energetisch weiter darin befunden. Es zog neues Leid an. Schönes und Glückliches konnte gar nicht zu mir

finden. Ich war fest entschlossen, von nun an darauf aufzupassen, was ich sagte und dachte. Jeden Morgen wollte ich mir sagen „Dies ist ein wunderschöner Tag und ich genieße ihn glücklich" Ob sich mein Leben dadurch wirklich veränderte? Ich beschloss es auszuprobieren und notierte den Satz in meinem Büchlein.

- **Heute ist ein wunderschöner Tag und ich genieße ihn glücklich**

9. Die Aura

„Als letztes möchte ich euch etwas über den Energiekörper erzählen, in dem wir sind. Euch kennen zu lernen bedeutet auch, euch
dieser Dinge bewusst zu werden," fuhr Monika fort. „Wir sind
mehr als der Körper wie wir ihn sehen. Wir sind Energiewesen, die
ihre Energie so verändert haben, dass sie sich zu einem Körper
verdichtet hat. Doch wir stehen mit dem Energetischen noch in
Verbindung. Unser Körper ist dichte Materie, doch ist er umhüllt
von einer Energieschicht, der Aura. Die Aura umgibt den Körper
jedoch nicht nur, sie durchdringt ihn. Sie besteht aus mehreren
Schichten, die alle eine bestimmte Funktion haben. Es ist möglich
die Aura wahrzunehmen, indem man sie beispielsweise sieht oder
fühlt.

Die Schicht, die dem Körper am nächsten ist, nennt man den
Ätherkörper. Er reicht nur wenige Zentimeter über den Körper.
Man sieht ihn meist hellblau bis grau und der Ätherkörper pulsiert
etwa im Atemrhythmus. Daher ist er schwer zu sehen. Kaum sieht
man ihn, verschwindet er schon wieder.

Die nächste Schicht ist der Emotionalkörper. Die Prozesse in dieser
Auraschicht stehen in Verbindung mit den Emotionen des Menschen. Sie erstreckt sich 3-8 cm über den Körper hinaus. Man sieht
in ihr farbige Wolken, die ständig in Bewegung sind. Bei klaren Gefühlen sieht man die Farben klar. Herrschen trübe oder verwirrte

Gefühle vor, werden auch die Farben trübe, dunkel und schmutzig. Man sieht hier die Farbe jedes Chakras, wie beispielsweise rot am Basischakra.

Die dritte Schicht ist der Mentalkörper. Die Prozesse hier stehen mit den gedanklichen Prozessen in Verbindung. Der Mentalkörper erscheint gewöhnlich als hellgelbes Licht, das vom Kopf über den Körper hinabströmt. Er dehnt sich 8-20 cm über den Körper hinweg aus. Man kann hier Gedankenblasen wahrnehmen. Diese sind mit Farben durchdrungen, woran man ablesen kann, welche Emotion jemand mit seinen Gedanken verbindet.

Der vierte Körper, der Astralkörper, kann auch die Chakrenfarben zeigen. Doch sind diese meist mit dem Rosa der Liebe durchwoben. Beziehungen und Bindungen kann man dort wahrnehmen, da sich Bänder zwischen den Auren bilden. Bei Trennungen zerreisen diese, was sehr schmerzhaft sein kann.

Darüber hinaus gibt es noch weitere Aurakörper, doch stehen die mit der astralen und spirituellen Ebene in Verbindung. Sie zu sehen wird immer schwerer. Die eigene Schwingung muss dafür schon sehr hoch sein.

Um diese Energie wahrnehmen zu können, bedarf es einiger Übung. Die einfachste Möglichkeit ist, sich an einem sonnigen Tag in die Wiese zu legen, und in den blauen Himmel zu schauen. Mit der Zeit wird man so Energiekügelchen wahrnehmen, die tanzen

Lisas Pfad ins Licht

und pulsieren. Bäume nehmen mit ihren Blättern diese Energiekügelchen auf, auch das kann man sehen."

Nun begriff ich, warum man den Chakren diese Farben zugeordnet
hatte. Es waren die Farben die man wahrnehmen konnte. Die
Chakren hatten tatsächlich diese Farbe. Das war ein spannendes
Gebiet und ich war neugierig zu erfahren, ob ich es lernen könnte,
Auren wahr zu nehmen.

„Die nächste Übung machst du am besten bei wenig hellem Licht
vor einer weißen Wand", leitete Monika eine praktische Übung ein.
„Halte die Hände im Abstand von wenigen Zentimeter zueinander
und beobachte den Raum dazwischen. Entspanne deinen Blick dabei, bis er weich ist. Nun bewegst du die Hände aufeinander zu und
wieder weg, schere sie nach oben und unten ab. Die meisten Menschen spüren dabei etwas, und viele sehen es auch. Versucht es
selbst einmal."

Monika verdunkelte den Raum etwas und wir drehten uns zu der
weißen Wand um. Zuerst fühlte ich nur. Es war, als würde ich zwei
Magnete mit den gleichen Polen zueinander halten. Meine Handflächen von einem Abstand von 3-4 cm dichter zu bringen kostete
mich etwas Kraft. Es war ein sanfter Widerstand, aber spürbar. Das
gleiche konnte ich bei einem Abstand von etwa 14 cm wieder feststellen. Auch hier gab es einen Widerstand, wenn ich die Handflächen dichter zusammenbringen wollte. Meine Emotionalkörper
durchdrangen sich in dem Moment.

Den Mentalkörper fühlte ich bei einem Abstand von etwa 28 cm. Begeistert schob ich die Hände wieder auf den Abstand des Äther-körpers zusammen und schaute durch die Lücke hindurch, wobei mein Blick weich wurde.

Erstmal geschah nichts, doch dann nahm ich ein Flirren wahr. Wie das Flirren über Asphalt an einem heißen und sonnigen Tag. Meine Hände schienen von einer Leuchtschicht umgeben, die leicht bläu-lich wirkte. Doch auch einen Gelb Ton glaubte ich wahrzunehmen.

Ich vergrößerte den Abstand auf etwa 14 cm, um den Emotional-körper zu sehen. Flirrende und eigentümlich leuchtende Luft war zwischen den Handflächen zu sehen. Hellere Fäden verbanden die beiden miteinander. Ich sah eine gelbe Färbung und um diese zu verändern versuchte ich, mich emotional anders zu fühlen. Ich ent-schied mich für Trauer und ließ sie in mir aufsteigen, indem ich an meine zerbrochene Gitarre dachte und wie ich mich damals gefühlt hatte. Das Licht zwischen den Händen wurde dunkler, trüber. Es leuchtete nicht mehr so hell.

Es funktionierte also. Ich konnte Auren sehen!

Das hätte ich nie für möglich gehalten. Begeistert übte ich weiter. Ob ich auch die Farben an anderen sah? Ich schaute die anderen Teilnehmer an und konnte wirklich wenige Zentimeter über ihnen ein bläuliches Flirren der Luft wahrnehmen. Bei einigen lagen dar-über Bereiche, die farbig waren und Auskunft über ihre Emotionen gaben. Hell und leuchtend waren die Farben derer, die es, wie ich,

geschafft hatten. Von denen, die noch keine Felder wahrnehmen konnten, gab es einige, deren Aura sich dunkel und schmutzig färbte.

Nachdem ich das noch eine Weile übte, merkte ich, wie müde mich das machte. Es war ungewohnt anstrengend und gelang mir nach einiger Zeit auch nicht mehr. Monika erklärte mir, dass es mit Sport vergleichbar wäre. Es wäre, als würde man einen neuen Muskel trainieren. Gleichmäßiges aber nicht zu starkes Training brächte mich am besten voran.

Der Tag neigte sich dem Ende und Monika gab uns noch folgendes mit auf den Weg. „Bei einigen geht Lernen schneller, andere brauchen dafür mehr Zeit. Das ist genauso wunderbar individuell wie die Menschen an sich. Es ist nicht der besser, der schneller vorankommt. Dieses permanente sich miteinander messen und vergleichen in unserer Gesellschaft kommt daher, weil wir alle noch im dritten Chakra leben.

Das Ego nimmt noch immer einen hohen Stellenwert ein. Es ist wichtig für uns, der Beste zu sein, weil wir uns so Anerkennung und damit Energie holen. Je weiter wir uns jedoch entwickeln, und je mehr wir in die Lage kommen, uns die Energie aus dem Universum zu holen, desto mehr verliert ein solches Denken an Bedeutung. Wertungen verschwinden.

Zwingt euch dieses Denken jedoch nicht auf, sondern gebt ihm den Raum, wachsen zu können.

Wenn ihr euch nicht mehr aneinander messt – schön. Tut ihr es aber noch, und sei es nur manchmal, ist das auch in Ordnung. Doch reflektiert dieses Verhalten. Was brachte es euch? Wie fühlt ihr euch damit? Möchtet ihr das in Zukunft auch so tun?

Alles was ist, geschieht aus einem Grund heraus. Daher ist alles weder gut noch schlecht – es IST einfach. Dies anzunehmen und zu verinnerlichen, ist eine große Herausforderung", und damit verabschiedete Monika sich von uns.

Müde und mit vielen neuen Eindrücken bepackt, fuhr ich nach Hause.

In den nächsten Tagen würde ich, neben meinem täglichen Reiki Geben, auch das Aura sehen üben.

10. Veränderung

Mein Leben ging ganz normal weiter. Ich stand morgens auf, ging zur Arbeit, traf Freunde, und doch, ich war nicht mehr die Gleiche. Kaufte ich ein, so drehte ich jede Packung um und schaute mir die Inhaltstoffe genauer an. Es war kaum zu glauben, was man da alles fand! In einer scheinbar harmlosen Tiefkühlpizza fand ich Emulgatoren wie Sojalecithin. Bei meinen Recherchen fand ich heraus, dass dieser Stoff gentechnisch verändert ist – wie fast jedes Soja, das es auf dem Weltmarkt gibt. Ich hatte immer gesagt, dass ich nie gentechnisch veränderte Sachen essen wollte und tat es doch unbewusst. Zudem konnte Lecithin auch Allergien hervorrufen und noch Migräne oder gar Asthma. Wer dachte schon daran, ein solches Gift in seiner Pizza zu essen?

Brühwürfel verwende ich auch keine mehr, seit ich die Zutatenliste gelesen hatte. Was auf der Werbeseite der Packung noch ganz toll klang *„Dieser Gemüsebouillon ist eine rein pflanzliche Komposition mit hochwertigen Gemüsen, Kräutern und Gewürzen"*, entpuppte sich in der Zutatenliste als hauptsächlich Salz mit Geschmacksverstärker. Dazu noch etwas Hefe, Fett und Zucker. Die größte Gemüsefraktion stellte der Sellerie mit gerade mal 6% (!) dar. Um also meinen Gemüsegeschmack zu erreichen, zahlte ich teuer für eine getrocknete Brühe, die kräftig mit Salz und Geschmacksverstärkern versehen war.

Überhaupt diese Geschmacksverstärker. Glutamat oder E620, E621, E622, E623, E624 und E625 wie es auch heißt. Das ist ein total unnötiges Zeug. Je mehr ich darüber las, desto ekliger fand ich es. Glutamat kann nämlich Kopfschmerzen und Migräne auslösen. In der Medizin gibt es sogar eine Krankheit die von der Glutamat Überdosierung hervorgerufen wird. Man nennt sie „China Restaurant Syndrom." Das kommt daher, weil die chinesische Küche Glutamat reichlich verwendet. Es sorgt für das zarte Fleisch und gibt den Saucen einen besonderen Glanz. Mir dämmerte einiges, als ich las, dass man durch Glutamat eine chronische Schwellung der Nasenschleimhaut bekommen kann. Meine Nase war immer trocken und dicht. Da half auch kein schnäuzen, sie war einfach geschwollen, ohne dass ich Schnupfen hatte. Zudem sorgte Glutamat für gerötete Wangen, was ich auch stetig hatte.

Nachdem ich einige Zeit auf Glutamat verzichtet hatte, traf ich mich eines Abends mit Freunden in einem Chinesischen Restaurant. Ich wollte nicht auffallen und jedem etwas über das Gift Glutamat erzählen und so beschloss ich, dass es mir sicher nicht so sehr schaden würde, hier zu essen.

Mein Hähnchen süß-sauer schien reichlich Glutamat zu enthalten, so wie es glänzte. Wir aßen und unterhielten uns, doch nach einiger Zeit begann mein Mund trocken zu werden, und ich bestellte noch ein Glas Wasser. Meine Wangen wurden rot und ich reckte und streckte mich, da mein Nacken etwas steifer wurde. Verblüfft nahm ich zur Kenntnis, dass es bei mir nun viel schlimmer wirkte als jemals zuvor. Dadurch, dass ich auf dieses Gift verzichtet hatte,

nahm ich es nun noch deutlicher wahr. Hätte ich nicht gewusst, dass diese Symptome von dem Glutamat kommen, ich hätte mir wirklich nichts dabei gedacht. Mir reichte es, Glutamat würde aus meinem Speiseplan gestrichen werden.

Es war erstaunlich, wo überall dieser Geschmacksverstärker zu finden war. Sogar in Essig konnte er sein. Der Blick auf die Inhaltsangaben wurde mir langsam zur Gewohnheit. Alles was ich anfasste drehte ich um und las die Inhaltsangaben, die dort so aufgelistet waren, dass die Hauptzutat zuerst zu finden war.

Eines Abends zappte ich gedankenverloren im Fernsehen rum und blieb bei einer Sendung namens „Die Kochprofis" hängen. Es ging darum, dass 3 gute Köche einem herunter gewirtschafteten Restaurant wieder auf die Beine helfen. Was mich überraschte war die Tatsache, das dieser Koch Fertigwürzmischungen verwendete, die natürlich auch Glutamat enthielten. Die Kochprofis fanden das genauso unmöglich wie ich, räumten aber ein, dass dies in vielen Küchen so gehandhabt wird. Na wenigstens einem gelernten Koch hätte ich zugetraut, dass er ohne Maggi und Co. kochen kann. Überrascht nahm ich zur Kenntnis, dass aber nicht jedes Restaurant einen gelernten Koch beschäftigte und selbst von denen gab es welche die Fertigwürze verwendeten. Nun auf solche Restaurants hatte ich künftig keine Lust mehr.

Je mehr ich darüber lernte umso erstaunter war ich. Es war unglaublich, welche Gifte man legal ins Essen mischen durfte, damit

wir es schön und lecker fanden. Ohne die Stoffe hätten wir das nicht gegessen und hätten das einzig richtige gemacht – die Finger von diesen Dingen gelassen.

Der Wochenmarkt und die Gemüseabteilung wurden mit der Zeit meine neuen Einkaufstellen. Am Anfang kannte ich einige Gemüse und Obstsorten noch gar nicht, wusste nicht wie man sie zubereitet, doch mit der Zeit lernte ich sogar, welche wo wuchsen und wann ihre Erntezeit war. Entsprechend kaufte ich ein. Mehr und mehr Kräuter fanden Einzug in meine Küche und so war es normal, dass Petersilie und Schnittlauch in meinem Garten wuchsen und sich in jedem Salat wiederfanden. Frische Kräuter wie Thymian oder Rosmarin verliehen meinen Speisen einen Hauch von mediterraner Küche. Aber auch Estragon, Majoran und Kerbel wuchsen bei mir. Liebstöckel zu entdecken begeisterte mich ungemein, denn wie sich herausstellte, hieß das Maggikraut nicht umsonst so. Liebstöckel würzte jede Speise so kräftig wie die künstlichen glutamatverseuchten Produkte – nur auf natürliche Art und Weise.

Mit der Zeit sah mein Küchenfenster grün aus, denn ganz viele Kräutertöpfe standen dort herum und in meinem Garten wuchs und gedieh es weiter. Ich lernte, wie man Tomaten einfach züchtet und fand heraus, dass sie nicht das ganze Jahr wuchsen. Die Erntezeit war im Sommer, und es brauchte schon einiges an Licht und Wärme bis sie rot wurden. Der Geschmack war dann jedoch unvergleichlich. In jedem Bissen schmeckte man die Sonne, die sie beim Wachsen aufgenommen hatten. So erfuhr ich dann auch, dass die

Tomaten, die wir bekamen, in großen Gewächshauskulturen angebaut wurden und viele noch nicht einmal ihre Wurzeln in Erde vergraben durften. Statt der Erde gab ein Nährsubstrat ihnen, was der Bauer für sie vorsah.

Geht man davon aus, dass jede Pflanze beim Wachstum auch die unsichtbare Energie des Universums speichert, dann war klar, diese fast schon synthetischen Zuchtpflanzen enthielten nur Bruchteile der Energie, die meine Pflanzen hatten.

Je mehr ich mir durch meine Nahrung gute Energie zuführte, umso leichter hielt ich diese auch in meinem täglichen Leben. Das war überhaupt das Tollste für mich daran.

Ich fühlte mich ausgeglichener und zufriedener. Wenn etwas schief ging, brachte mich das bei weitem nicht so aus der Ruhe wie früher.

Doch die Veränderungen hatten auch ihre Schattenseiten. Einige meiner Freunde konnten meine Begeisterung für gesunde Nahrung nicht teilen. Sie verstanden nicht, warum ich gegen Instant-Kaffee war. Dabei hätten sie doch nur die Zutatenliste mal lesen sollen! Ihnen war auch unverständlich, warum bei mir fertig gekaufte Grillsaucen einen Ekel hervorriefen. Von dem eingelegten Fleisch, das dadurch in Glutamatpampe schwamm, ganz zu schweigen. Ich konnte einfach nicht verstehen, warum sie mein Grillfleisch ablehnten, das mit frischem Thymian, Rosmarin und Knoblauch mariniert war, oder was gegen Sauerampferblätter im Salat sprach. Auch unsere Gesprächsthemen änderten sich. Hat man vorher

über die Kleidungswahl von Dritten geredet oder darüber, wie schlecht es in der Ehe von jemand stand, so interessierte mich nun viel mehr, was man in einer Meditation erleben konnte, und zu was mein Körper alles in der Lage war. Es tat ein wenig weh zu sehen, wie es immer weniger Schnittpunkte mit einigen Freunden gab. Doch andere Freundschaften intensivierten sich und ich fand auch viele neue Freunde, die mir mit ihren Ideen und Ansichten viele neue Impulse brachten.

Mit ein paar Teilnehmern des Pfades ins Licht Seminars traf ich mich öfter. Diese Übungsabende machten mir sehr viel Spaß. Wir übten, unsere Energie im Körper fließen zu lassen, was mir immer besser gelang.

Mir wurde klar, wie ich mich mit vielen Affirmationen selbst behindert hatte. So hatte ich mir früher immer gesagt: „Das Leben ist schwer" und damit natürlich eine gewisse Schwere angezogen. Ich strich diesen Satz aus meinem Sprachgebrauch und sagte mir stattdessen

- **Das Leben macht mir Freude**

Was ich natürlich in mein Buch schrieb. Von da an kam jeden Tag mehr Grund zur Freude in mein Leben.

Manchmal schlenderte ich durch die Stadt und betrachtete Menschen und ihre Energien. Mehr und mehr gelang es mir, die Aura zu sehen. Eines Tages stellte ich, auf einer Bank sitzend, meinen Blick weich und betrachtete die Passanten. Eine Mutter, die ihrem Kind einen Keks in den Kinderwagen reichte. Viel helles Licht umgab sie dabei und Lichtbänder schwebten zwischen ihr und dem Kind. Man sah die Liebe förmlich, die beide verband, und ich fand diese Szene wunderschön.

Kurz darauf kam ein Paar auf mich zu. Sie kamen aufgeregt gestikulierend aus einem Geschäft und trugen einen Streit lautstark aus. Zwischen beiden gingen heftige Energien hin und her, und mit der Zeit sah man, dass er seine Energie mehr und mehr über ihre legte. Er stülpte ihr seine Energie über und sie wurde immer ruhiger und wirkte auch kleiner auf mich. Als von ihrer Energie kaum mehr etwas übrig war, und sie geduckt wie ein kleines Mäuschen vor ihm stand, gingen sie dicht an mir vorbei. So hörte ich gerade noch wie er sagte: „Na also, warum nicht gleich so", und die beiden verschwanden.

Ich hatte in der Energie der Beiden mit angesehen, wie der Mann die Frau förmlich aussaugte und klein machte. Mein Herz klopfte mir eine Weile bis zum Hals nach diesem Erlebnis. Es war wirklich beängstigend gewesen, zu sehen, wie er gedankenlos aussaugte und sie sich ohne Widerstand aussaugen lies. Jeder von beiden hätte den Energieklau jederzeit stoppen können. Vermutlich war es ihnen selbst nicht so bewusst gewesen.

Schauspiele dieser Art beobachtete ich viele. Man konnte sehen, wenn ein Mensch einem anderen seine Energie überstülpte, ihn damit dominierte. Die Überstülper waren dominantere Menschen. Den ruhigen, stillen und ängstlichen wurde oft Energie gestohlen.

Es gab aber auch eine andere Gruppe. Auch eher ruhigere, die wenig sagten, aber doch die Energien ihres Gegenübers abzogen. Sie machten das, in dem sie sich als krank, traurig oder leidend darstellten. Ich beobachtete zwei Frauen im Café. Die Blonde hatte einen traurig-leidenden Blick und ich fragte mich, was sie wohl habe, als sie zu ihrer Freundin sagte „Na, so gut wie du habe ich es ja nicht. Du kannst wirklich froh sein, dass du einen so guten Mann hast". In dem Moment saugte sie die Energie ihrer brünetten Freundin heftig an. Diese beschwichtigte auch sofort schuldbewusst: „Ach du wirst ganz sicher auch einen tollen Mann finden", und gab dabei noch mehr von ihrer Energie zu der Blonden.

Ich beobachtete das Spiel eine Weile. Immer wenn die Brünette ihre Energie wieder etwas zurückzog, machte die Blonde eine Äußerung, die Mitleid erregte. Damit bekam sie wieder einen Schwall Energie. Diese Mitleidsmasche dehnte die Frau auch auf den Kellner aus und bezog auch den Nachbartisch mit ein, als sie etwas fallen lies und den Herrn mit mitleidigem Blick bat, es ihr aufzuheben, weil sie das wegen ihres Rückens gerade nicht könne. Als sie schließlich aufstanden und gingen, war die Energie der Brünetten ziemlich verbraucht, während der blonde Energievampir voller Kraft war.

Mir wurde klar, dass ich auch solche Menschen im Bekanntenkreis hatte. Sie luden einen mit Aussagen wie: „Du meldest dich ja auch nie" oder „ich sitze so viel alleine rum, da ist man froh wenn mal wieder jemand an einen denkt", zur Energiespende ein. Nach den Treffen mit ihnen fühlte ich mich oft schwach und kraftlos. Aber nun verstand ich, wie es dazu kam, und ich nahm mir vor, meine Energie von nun an bewusst weiter zu geben oder bei mir zu behalten, je nachdem was die Situation erforderte. Bewusstmachen war da für mich der Schlüssel, der die Handlung ins Rollen brachte.

Vieles hatte sich in mir und in meinem Umfeld verändert und ich mochte diese Veränderungen.

Nachdem ich über den Körper so Vieles gelernt hatte, war ich nun gespannt, was die Emotionale Ebene noch für mich bereithielt.

Lisas Pfad ins Licht

11. Die Emotionale Ebene

Endlich war es so weit, und ein weiteres Seminar begann. Ein weiteres Mal konnte ich mehr über mich lernen. Ich freute mich unbändig darauf.

Dieses Mal war es Ellen, die uns in die Geheimnisse der Emotionen einführte. „Als Kind lernen wir mit Emotionen auf Ereignisse zu reagieren", begann sie ihre Erklärungen. „Bei Schmerz lernen wir beispielsweise recht schnell, dass wir umso stärker getröstet werden, je lauter wir klagen. Auf jedes Ereignis lernen wir eine Reaktion und darauf folgt dann eine Emotion. Durch stetige Wiederholungen bilden sich Muster in unserem Gehirn aus. Künftig denken wir innerhalb dieser Muster. Alles, was wir erleben, nehmen wir durch sie wahr. Je öfter sie benutzt werden, desto stärker werden sie. Diese Muster werden mit der Zeit so stark, dass sie uns beeinflussen ohne uns jedoch recht bewusst zu sein. Man spricht davon, geprägt zu sein. Die Umwelt hat uns geprägt.

Das Spannende ist nun, wenn wir in unbekannte, neue Situationen kommen, sucht unser Gehirn nach passenden Mustern und verwendet diese. Danach speichert es dieses Verhalten ab, um es künftig in vergleichbaren Situationen immer einzusetzen. Das Ganze geschieht unbewusst und wenn wir nicht gelernt haben, über unser Verhalten nachzudenken, dann werden diese Muster ungeprüft übernommen. Haben wir also nicht gelernt, nach einem Ereignis darüber zu reflektieren, wie und warum wir so reagiert haben, denken wir in diesen Mustern.

Die meisten Menschen haben das jedoch nicht gelernt. Daher läuft ihr Leben vorhersehbar ab. Alles, was man kennen muss, ist das Muster und schon kann man vorhersagen, wie jemand in einer bestimmten Situation reagieren wird.

Stellt euch vor, ein Kind wird von seinen Eltern geschlagen. Es wird daraus lernen, dass der Stärkere Macht ausüben kann und der Schwächere folgen muss. Jetzt kommt es darauf an, welche Schlussfolgerung das Kind daraus zieht. Es kann sich sagen: „Ich werde groß und stark und dann bestimme ich". Es wird nun eher in ein Studio gehen und seinen Körper trainieren, um mehr Muskelmasse zu haben. Es wird sich Verhaltensweisen angewöhnen, die es aggressiver und furchterregender erscheinen lassen. Es wird seine Dominanz mit allen Mitteln zu erreichen suchen und sie dann auch beweisen.

Die Schlussfolgerung hätte aber auch anders lauten können. Das Kind hätte sich in der Situation auch sagen können: „Wenn ich groß bin, möchte ich fair und ehrlich sein und niemanden unterdrücken". Sicher würde aggressives Verhalten mit der Einstellung nicht so ausgeprägt entstehen. Vermutlich hätte dieser Erwachsene seine Fähigkeiten zu Verhandlungen stärker ausgeprägt.

Muster und daraus abgeleitetes Verhalten haben wir unzählige. Manchmal hindert uns die Schlussfolgerung mehr noch als das Muster.

Ist man als Kind beispielsweise nur dann beachtet worden, wenn man etwas Ungewöhnliches tat, so wird man künftig immer dann, wenn man Beachtung wünscht, etwas Ungewöhnliches tun. Man hat nämlich gelernt, dass diese Beachtung ein Gefühl der Freude ausgelöst hat.

Nun geht das Gehirn jedoch noch einen Schritt weiter und dreht das Ganze auch um. Wenn noch keine gegenteiligen Erfahrungen gemacht wurden, denkt sich das Gehirn: „Um Freude zu erlangen, muss man etwas Ungewöhnliches tun". Es speichert ab: „Freude geht nicht ohne Ungewöhnliches". Künftig glaubt dieser Mensch, dass er ohne eine Leistung, nämlich die Leistung von etwas Ungewöhnlichem, keine Freude erlangen kann.

Mit der Zeit bestehen wir aus unendlich vielen Lehrsätzen und daraus resultierenden Schlussfolgerungen. Diese bestimmen unser Leben und die Art, wie wir im Leben agieren. Nur macht diese Art des Merkens und Verknüpfens, die unser Gehirn anwendet, bei der Fülle der Gedanken heute keinen Sinn mehr.

Diese Methode, unser Gehirn mit Informationen zu füllen, ist entstanden, als wir alle noch wenige Eindrücke zu verarbeiten hatten. Als wir als Ur-Menschen ums nackte Überleben kämpften. Damals machte es Sinn, rasch zu lernen und auch weitreichende Rückschlüsse zu ziehen. Aus dem Lehrsatz: „Wenn der Löwe im Busch brüllt, klettere so schnell du kannst auf den Baum", durfte der Rückschluss gezogen werden: „Auf dem Baum bist du sicher!"

Heute ist jedoch die Art, wie wir die Festplatte unseres Gehirns beschreiben, überholt. Um den heutigen Ansprüchen gerecht zu

werden, müssen wir das Gehirn entrümpeln und sortieren. Ein ganz neues Ordnungssystem muss angelegt werden, um den Anforderungen der heutigen Zeit gerecht zu werden. In den vielen tausend Jahren, die wir als Menschen schon leben, hat sich eine Menge Müll angesammelt. Dies ist vergleichbar mit einem Haus, in dem man 50 Jahre lebte. In jedem Zimmer stehen Gegenstände, die an etwas aus der Zeit erinnern. Das Haus ist so voll geworden, dass man die meiste Zeit damit beschäftigt ist, um Gegenstände herum zu laufen, oder diese zum Putzen hochzuheben. Es bleibt kaum mehr Zeit, Neues zu erleben, weil man so sehr in dem Alten gefangen ist. Das Haus und die Bewohner stauben ein.

Um am Leben wieder teilzunehmen, steht eine Entrümpelung an. Unnötiges muss entfernt und Wichtiges sinnvoll verstaut werden."

Ellen schaute lächelnd in die Runde. „Wenn ihr jetzt die Bewohner dieses Hauses wärt, würde euch plötzlich bewusst, wie viel Arbeit diese Entrümpelung macht und ihr würdet jede Menge Ausreden erfinden, um sie nicht anzugehen."

Ich bin schon so oft umgezogen, ich wusste genau, wovon sie redete. Entrümpelung war jede Menge Arbeit und auch mit viel Staub und Dreck verbunden. Zudem brachte es noch Erinnerungen hoch und bei manchen war ich froh, sie tief vergraben zu haben.

„Glücklicherweise entrümpeln wir jedoch kein Haus", fuhr Ellen nun fort, „sondern lediglich das eigene Gehirn. Es ist daher mit keiner so hohen Staubentwicklung zu rechnen", nahm sie uns ver-

bal auf den Arm. „Aber ich kenne das. Wir drücken uns vor solchen Dingen eben auch sehr gerne. Wir rennen von einem Guru zum nächsten und bitten jeden, uns doch zu helfen. Wir können nicht glauben, dass es Niemanden gibt, der mit den Fingern schnippt und uns endlich die Glückseligkeit bringt.

Wenn ihr es also so wollt, sucht weiter und verharrt innerlich auf der Stelle. Ihr könntet jedoch auch die Ärmel hoch krempeln und euch ans Werk machen. Entrümpelt euer Gehirn von den Strukturen, die ihr nicht mehr braucht. Schaut euch jede Verknüpfung an, ob sie haltbar ist und löscht, was ihr nicht mehr braucht. Nehmt so viel raus, wie ihr könnt, damit das, was übrigbleibt, wirklich sinnvoll ist. Wer dazu bereit ist, der hat eine Menge Arbeit vor sich, doch sie wird sich lohnen."

Ich stöhnte innerlich. Da kam ja etwas auf mich zu. Wie um Himmels Willen sollte das möglich sein? Wie sollte man all die Muster, die sich im Laufe eines Lebens so angehäuft hatten, wieder berichtigen?

Ellen schaute aufmerksam in unsere Gesichter: „Wer von euch glaubt, dass „eine Menge Arbeit" mühselig ist?" Viele Köpfe, inklusive meinem, nickten zustimmend.

„Und wer von euch denkt, dass eine Menge mühseliger Arbeit keine große Freude macht?" Wieder wurde zustimmend genickt.

„Na fein", lachte Ellen uns liebevoll entgegen, „dann fangen wir doch gleich damit an, diesen Lehrsatz zu entrümpeln. Seid ihr si-

cher, dass Arbeit Mühe macht? Habt ihr noch nie etwas getan, das Freude machte? Einen Berg bestiegen, einen Wettkampf erfolgreich bestritten, ein Projekt abgeschlossen, ein Möbelstück zusammengebaut, ein Bild gemalt oder eine Fahrradtour gemacht? Das war bestimmt eine Menge Arbeit. Doch war es immer mühselig? War es immer gleich stark mühselig? Gab es da Abstufungen? Und alles was ihr als mühselig bezeichnet, machte niemals Freude? Oder machte Manches davon Freude und brachte Einiges vielleicht ein Gefühl der Zufriedenheit?

Ihr seht also, so einfach kann man den Lehrsatz „Eine Menge Arbeit ist mühselig und macht wenig Freude" nicht stehen lassen. Er ist viel zu wenig differenziert. Streicht ihn. Nehmt gedanklich einen Radiergummi und radiert ihn aus."

Ich musste lachen während ich mir einen überdimensional großen Radiergummi vorstellte, der in meinem Gehirn putzte.
Ritsch - Ratsch und nur noch Krümmel vom Lehrsatz übrig. Gedanklich fegte ich diese galant in einen virtuellen Mülleimer.

„Lasst uns euer Gehirn mal von alten Strukturen entrümpeln. Habt ihr dazu Lust?" fragte Ellen begeisternd, und die meisten Köpfe nickten zustimmend. Ellen wandte sich an die, die nicht genickt hatten. „Was hält euch davon ab Lust zu haben?", fragte sie diese. „Ich sehe da einen großen Berg vor mir und da weiß ich nicht, wo ich anfangen soll", gab eine Frau in einem geblümten Kleid zu. „Du siehst alles auf einmal und weißt nicht wo anfangen. Das Problem

liegt bei dir darin, dass du alles im Blick haben willst. Versuchst du auch sonst den Überblick zu behalten?", fragte Ellen.

„Ja genau", erwiderte die Frau erstaunt. „Schon mein Vater riet mir immer, den Überblick zu behalten". „Damit hat er dir eine Programmierung mitgegeben, die nicht immer hilfreich ist. Indem er deinen Blick auf das Übergeordnete lenkte, verbot dein Gehirn gleichzeitig das Betrachten der Details. Wenn also dein Gehirn sich einem Detail zuwenden will, kommt die Programmierung „behalte den Überblick" und sorgt dafür, dass du das Detail nicht wahrnehmen kannst. Radiere diese Programmierung aus, da sie nicht zu jeder Zeit sinnvoll ist. Wenn du dir nun erlaubst, mal Details zu betrachten, fällt es dir sicher leicht, einen Anfang für das Entrümpeln zu finden", riet ihr Ellen. „Gibt es noch Gründe, die euch davon abhalten könnten, mit der Entrümpelung zu beginnen?"

„Das dauert bestimmt recht lange und hält mich davon ab, all die anderen Dinge zu tun, die ich noch gerne tun würde", gab ein attraktiver Mann mit schulterlangen, braunen Haaren zu bedenken. „Ich denke, bei dir wirkt eine andere Programmierung", sagte Ellen und betrachtete ihn nachdenklich. „Wieso denkst du, dass die Entrümpelung dich von anderen Dingen abhalten könnte?" „Na, ich kann ja nicht alles gleichzeitig tun?" erwiderte er. „Gleichzeitig vielleicht nicht", gab Ellen zu bedenken, „aber doch von Jedem immer so viel, wie du im Moment magst. Es wird Tage geben, da lässt du die Entrümpelung einfach mal liegen. An anderen Tagen geht es dir leicht von der Hand und du schaffst ein großes Stück. Nimm dir vor, daran zu arbeiten, aber gehe nicht zwanghaft an die Sache". Ellen sah noch immer etwas nachdenklich aus.

„Das geht nicht so einfach", sagte er und fuhr sich verlegen durchs Haar. „Wenn man etwas beginnt, dann muss man es doch auch fertig machen", sagte er mit fester Stimme.

Ellens Gesicht hellte sich auf. „Das ist es. Du hast da eine Programmierung. „Was man anfängt, muss man beenden". Vielleicht lautet sie sogar: „Was man anfängt muss man zügig beenden", aber das ist doch gar nicht immer so! Bei der Entrümpelung ist es sogar wichtig, sich immer mal wieder eine Pause von all den Eindrücken zu gönnen. Es ist kein Preis ausgesetzt, und es ist nicht der am Besten, der am schnellsten die Entrümpelung schafft. Wir haben alle unser eigenes Tempo. Wichtig ist nur, dass ihr anfangt und nicht davor flüchtet.

Leider kenne ich auch einige, die sich in Ausreden verfangen und flüchten. Jede Weisheit wird herangezogen, um sie weiter von dem Entrümpeln fern zu halten: „Gerade ist kein guter Zeitpunkt" oder „Meine Zeit kommt noch", „Der Weg ist das Ziel"." Ellen lachte. „Ja das kenne ich nur zu gut. Ich habe auch versucht, mich davor zu drücken, indem ich mich auf andere Dinge stürzte. Das kann eine Zeit lang auch völlig in Ordnung sein, doch man wird nicht weiter auf dem Pfad zum Glücklichsein voranschreiten können, wenn man die alten Programmierungen mit sich schleppt. Je weiter man kommt, desto mehr hindern sie einen, bis man schließlich einen Stillstand erreicht. Der Weg mag das Ziel sein, den Weg zu gehen bedeutet jedoch auch zu entrümpeln. In dem Tempo, in dem es gerade sinnvoll ist. Mal schneller, mal langsamer, mal mehr, mal weniger."

Mir fiel ein chinesisches Sprichwort ein „Jeder Weg beginnt mit dem ersten Schritt". Oft ist genau dieser erste Schritt der schwerste. Fängt man aber mal an zu gehen, wird es irgendwann leichter. Das ist so als wolle man ein Auto anschieben. Am Anfang glaubt man, es nicht zu schaffen, aber wenn es mal rollt wird es viel leichter.

Als ich mit dem Joggen anfing war es genauso. Am Anfang kam ich kaum voran und keuchte und schnaubte. Doch mit der Zeit wurde es leichter und leichter. Das Schwierigste ist immer, den ersten Schritt tun zu wollen.

Nach einer kleinen Pause, in der sie das Gesagte wirken lies, fuhr Ellen fort. „Auf eurem Stuhl habt ihr einen kleinen Block und einen Stift vorgefunden. Nehmt beides nun und schreibt alle Programmierungen rein, die euch einfallen, und die ihr habt."

Ein geschäftiges Schreiben erhob sich. „Geld verdirbt den Charakter" schrieb ich rein, das sagte meine Mutter immer, auch wenn ich glaube, sie meinte es nicht so. Es hatte sich dennoch als Programmierung in mir festgesetzt. Gleich fiel mir noch „Erst die Arbeit, dann das Vergnügen" ein. Eine ziemlich gemeine Art und Weise das Vergnügen so weit zu begrenzen, dass es nur noch ein Schattendasein führt, wurde mir bewusst. Gönnte man sich doch etwas, war man Schuldbewusst, weil man wusste, dass es doch irgendwo noch Arbeit gab. Schließlich gab es doch immer etwas zu tun.

Ob das auch eine Programmierung war: „Es gibt immer etwas zu tun?" Ich entschied mich, sie aufzuschreiben, auch wenn ich sie jetzt noch nicht ganz verstand.

„Mädchen müssen lieb sein" Die Programmierung war wirklich unnötig. Warum sollten Mädchen lieb sein? Und dann noch müssen? Damit konnte man sich wahrlich so programmieren, dass man noch seinen Peiniger nett behandelte. Ob Frauen, die sich von ihren Männern prügeln ließen und dennoch bei ihnen blieben diese Programmierung hatten? Plötzlich floss es nur so aus mir raus: „Eine Dame schließt die Beine wenn sie sich hinsetzt", „Wer nimmt, muss auch geben", „Essen macht dick", „Sport ist gesund", „Man muss alle Menschen lieben", „Sei immer schön artig", „Nur was schwer fällt, wird auch gut". Langsam fragte ich mich, ob das Büchlein reichen würde, wenn ich so weiterschrieb. Den anderen schien es aber ähnlich zu gehen und das Kratzen von emsigen Stiften auf Papier erfüllte den Raum für eine Weile.

„Mit der Zeit werden euch mehr und mehr Programmierungen einfallen. Schreibt sie alle in das Büchlein", fuhr Ellen fort. „Denkt über jede einzelne nach und entscheidet euch bewusst, sie nicht mehr zu verwenden. Wenn euch klar geworden ist, was sie anrichtet, welche Verwicklungen sie hervorruft, dann streicht sie ganz bewusst durch. Damit setzt ihr das Signal, dass sie nicht länger im Unbewussten über euch herrschen.

Es wird euch immer klarer werden, wie viel ihr bisher auf Grund dieser Programmierungen gemacht habt. Entrümpelt ihr sie, entscheidet ihr euch viel freier und lebt mehr und mehr ohne den Krempel. Es wird so Platz geschaffen für etwas Neues." Sie schaute

uns verheißungsvoll lächelnd an. „Die wenigen Programmierungen, die dann noch übrig bleiben verschaffen euch eine ungeahnte Lebensqualität."

Ich nahm mir vor, genau das zu tun. Künftig würde ich noch bewusster nach meinen Mustern fahnden. Mir wurde klar, dass ich mit meinem Satz „Wenn ich rauche, dann mit Genuss" schon ein Muster gelöst hatte. Vorher dachte ich, Rauchen ist schlecht und führt zu Lungenkrebs. Das kann natürlich auch so sein, es muss aber nicht so sein. Es gibt Raucher die sehr alt werden und nie krank sind, und es gibt auf der anderen Seite auch Menschen, die nie rauchten und doch lungenkrank werden. Indem ich dieses Muster ablegte, konnte ich meine Gedanken auf das Positive lenken und diese Schwäche von mir akzeptieren. Als Nebeneffekt merkte ich schon, dass es nicht mehr lange dauern würde, und ich würde das Rauchen ganz sein lassen können. Etwas, das ich ganz sicher irgendwann erreichen würde.

„Ich möchte eure Aufmerksamkeit nun auf etwas lenken, was uns ebenfalls in der Entwicklung behindern kann", begann Ellen wieder ihre spannenden Ausführungen. „In eurer Vergangenheit habt ihr sicher mehr oder weniger große körperliche, aber auch seelische Verletzungen erlebt. Bei jeder dieser Verletzungen habt ihr Energie verloren. Dieser Verlust hat Löcher in euren Energiekörper gemacht. Daher strahlt er nicht mehr so kraftvoll, wie es ihm ursprünglich möglich war. Um ganz zu werden, um eins mit sich und

dann mit allem zu werden, ist es wichtig, sich die verlorenen Energien wieder zurückzuholen.

Mehrere Möglichkeiten gibt es hier, wie man das machen kann. Ihr könnt selbst entscheiden, welche ihr wählt, und ihr könnt auch mal die eine, mal die andere verwenden. Viele Wege führen zum Ziel, und so gibt es in vielen Systemen unterschiedliche Techniken, Energien aus einschneidenden Erlebnissen wieder in euch zu integrieren.

Bei Reiki nennt man diese Technik die Heilung des Inneren Kindes. Sie funktioniert so, dass ihr in euren Gedanken an diese Stelle reist und euch in dieser Situation Reiki gebt. Wiederholt das so lange, bis ihr das Gefühl habt, es ist genug.

Ihr könnt aber auch über Rückführungen in diese Situationen gebracht werden und der Therapeut hilft euch dann, diese aufzulösen. Ähnlich funktioniert es über die Hypnose. Mir ist auch noch die Schamanische Technik der Seelenrückholung bekannt, indem ein Schamane eine Trancereise macht, diese Teile aufspürt, mit aus der Reise zurückbringt und wieder in den Klienten integriert. Sicherlich gibt es noch viele weitere Techniken in unzähligen anderen Systemen. Es ist unerheblich, welche ihr wählt, doch es ist für eure weitere Entwicklung wichtig, die verlorenen Energien wieder in euch zu integrieren."

Ich war nicht sicher ob eine Rückführung oder eine Schamanische Behandlung für mich in Frage kämen. Ich vertraute einfach darauf, dass ich zur rechten Zeit schon wissen würde, wie es weiter gehen

sollte und lauschte wieder Ellen, die gerade davon sprach, was Emotionen sind.

„Emotionen und Gefühle sind zwei unterschiedliche Dinge. Emotionen sind Formen die euer Gehirn in dem Körper ausdrückt. Gefühle sind das was der Körper dabei fühlt. Wenn ihr euch sagt das ihr wütend seid, dann ist das eine Emotion. Fühlt ihr aber wie sich der Magen verkrampft, ein Druckgefühl sich in der Körpermitte ausbreitet, dann sind das Gefühle.

Schaut euch die Emotionen an, zu denen ihr fähig seid. Wie fühlen sie sich an, wann setzt ihr sie ein? Gibt es welche, die ihr ablehnt, welche die ihr bevorzugt. Fragt euch bei jeder Feststellung, die ihr macht: „Warum ist das so?" Habt ihr eine Antwort erhalten, fragt nach, ist das wirklich die richtige Antwort auf meine Frage? Oft überdeckt eine Emotion die wahre Antwort.

Es ist wichtig sich mit den Emotionen auseinanderzusetzen, denn nur so lernt ihr die Ausdrucksformen des Körpers und findet heraus, wer ihr wirklich seid."

Was nun folgte war eine Übung, wie ich sie mir bei einem Schauspieltraining vorstellte. Die Stühle wurden beiseitegeschoben und wir wurden aufgefordert, durch den Raum zu gehen. Immer weiter gehen und nicht stehen bleiben. Ellen stand in der Ecke und sagte uns, was wir tun sollten während wir liefen. „Die erste Emotion ist die Traurigkeit. Wir üben nun einmal, traurig zu sein. Denkt an ein

trauriges Ereignis, das ihr mal erlebt habt." Das kannte ich ja schon von Ralfs Vortrag. Also dachte ich wieder an den Moment als meine Gitarre kaputt ging, während Ellen weitere Anweisungen gab. „Fühlt Traurigkeit in euch, lasst sie in jede Zelle eures Körpers fließen. Wie fühlt es sich an, traurig zu sein, zu was verleitet es euch?" Während ich durch den Raum ging, stieg eine lähmende Traurigkeit in mir hoch.

„Nicht stehen bleiben, lauft weiter" rief Ellen. Ich fühlte mich so traurig. Tränen standen in meinen Augen. Meine Beine waren schwer und auf meinen Brustkorb schien ein Zentner schweres Gewicht zu drücken. Die Welt erschien mir trostlos und grau. Die Tränen quollen nun aus meinen Augen und flossen langsam die Wange hinab, nur um dort einzutrocknen. Das übriggebliebene Salz spannte auf meinen Wangen.

„Gut so", kommentierte Ellen unsere Bemühungen, uns traurig zu fühlen und gab eine neue Anweisung: „Jetzt seid fröhlich." Verwirrt schaute ich sie an. Ich war aber doch so traurig gerade, wie hätte ich denn jetzt fröhlich sein können? „Geht weiter und fühlt Fröhlichkeit in euch. Denkt an eine fröhliche Situation" Ich trottete weiter. Um mich herum waren schon vereinzelt lächelnde Gesichter zu sehen. Das steckte mich an, und langsam spürte ich, wie die Traurigkeit wich. Ein Gefühl von Freude kam in mir hoch. Mir fiel ein, wie lustig es immer war, mit dem Hund, den ich als Kind hatte, zum Schlittschuhlaufen auf den See zu gehen. Wir machten uns einen Spaß daraus, ihn zum Mitlaufen zu animieren, nur um dann abrupt stehen zu bleiben. Mit den Schlittschuhen war das ja auch kein

Problem, aber für die vier Hundepfoten war auf dem Eis kein Halten möglich. Und so konnte man den Hund sehen, der sitzend versuchte, zu stoppen, dabei aber immer weiter rutschte. Das Lustigste war daran, dass er den Kopf zu uns umdrehte, während er an uns vorbei rutschte. Wir kringelten uns damals vor Lachen und wiederholten das unzählige Male. Mehr und mehr fühlte ich jetzt die Fröhlichkeit. Ich kicherte zuerst nur und fing dann an, im Hopserlauf umher zu hüpfen. Den anderen ging es genauso. Überall kicherte und lachte es. Mir reichte der Hopserlauf nicht mehr aus und so breitete ich die Arme aus und drehte mich so lange, bis ich kichernd und keuchend auf dem Boden lag, und sich die Welt um mich herum drehte.

„Jetzt seid niedergeschlagen", kam schon die nächste Anweisung von Ellen. Langsam machten mir diese Wechsel Freude. Ich stellte mir vor, mich schrecklich blamiert zu haben, und so stand ich auf und trottete mit schlürfendem Gang weiter. Mein Blick war auf den Boden gerichtet, denn so stellte ich es mir vor, wenn jemand niedergeschlagen war. Mit der Zeit stellte sich die Niedergeschlagenheit auch ein. Es war nicht so schlimm wie bei der Traurigkeit, doch auch hier hatte ich das Gefühl von meiner Umwelt nur noch wenig wahrzunehmen.

Die nächste Emotion, die wir auch fühlen sollten, war das „Himmelhoch jauchzen". Ich sprach plötzlich mit recht hoher Stimme, und auch mein Blick war eher nach oben gerichtet. Bei der Ängstlichkeit fühlte ich mich klein und schutzlos. Was sich jedoch sofort änderte, als ich mutig sein sollte. Mit stolz geschwellter Brust

schritt ich mutig dahin. Heiterkeit war nicht ganz so intensiv wie die Fröhlichkeit, von der es wohl die kleine Schwester war. Doch alles in allem ein schönes Gefühl. Dann sollten wir wütend sein. Doch nichts geschah. Hilflos blickte ich in die Runde, sah wie die anderen vor Wut schnaubten und ihre Fäuste hoben. Ich fühlte nichts. Ellen kam zu mir. „Du fühlst nichts?" „Nein rein gar nichts", entgegnete ich. „Das ist schon in Ordnung so. Es kommt immer mal vor, dass man eine Blockade in einer oder mehreren Emotionen hat. Vermutlich gibt es eine Programmierung, die verhindert, dass du wütend sein darfst. Mit der Zeit findest du diese und lernst auch die Wut kennen," tröstete sie mich. Etwas verhinderte, dass ich wütend wurde? Konnte ich überhaupt wütend werden? Ich konnte mich nicht daran erinnern, überhaupt schon einmal wütend geworden zu sein. Stattdessen habe ich oft Hilflosigkeit gefühlt, so wie jetzt, als ich Wut in mir produzieren sollte. Ich hatte keine Zeit, länger darüber nachzudenken, denn schon folgte die nächste Emotion, die wir fühlen sollten, die Gelassenheit. Doch mit der Gelassenheit hatte ich danach Schwierigkeiten. Zu sehr beschäftigte mich mein Unvermögen, Wut zu empfinden. Die Übung endete mit der Ausgelassenheit. Als ich sie fühlen konnte wurde mir wieder leichter ums Herz. Das ging nicht nur mir so und so tanzten wir schließlich alle zusammen ausgelassen zur Musik.

Am Ende des Tages saßen wir nochmals in einem Kreis zusammen und besprachen, was wir alles erfahren hatten. Ellen bot uns Hilfe an bei der Heilung des inneren Kindes. Wir sollten die Emotionen und die von ihnen produzierten Gefühle üben und versuchen so die

Ursache für emotionale Blockaden zu finden. Auch dabei könnten wir ihre Hilfe annehmen, doch wäre es durchaus möglich, junge Fraudass alleine zu schaffen.

Für mich war klar, dass ich zu Hause daran arbeiten würde. „Ihr habt nun einen Einblick bekommen, wie sich die Gefühle anfühlen, die von Emotionen produziert werden. Das Fühlen einiger davon fiel euch leichter, bei anderen gab es vielleicht Schwierigkeiten. Ihr könnt daran erkennen, ob noch Blockaden in euch wirken. Mit diesen Übungen, werdet ihr euch eurer Emotionen im Leben bewusster. Mit der Zeit verbleibt ihr in einem vollkommenen seelischen Ruhezustand und fallt nicht mehr aus ihm heraus. Eure Emotionen beherrschen euch nicht länger und diktieren euer Verhalten.

Übt die Emotionen, entrümpelt euer Gehirn von sinnlosen Lehrsätzen und holt euch die bisher verlorenen Energien zurück", beendete Ellen das Seminar.

Lisas
Pfad Licht
ins

12. Die Heilung des Inneren Kindes

Kaum zu Hause angekommen, setzte ich mich hin, schloss die Augen und ging in Gedanken mein Leben rückwärts durch. Was war gestern? Vor einer Woche? Hatte es Verletzungen gegeben? Eine Kollegin hatte meine Arbeitsweise kritisiert. Sie fand, dass ich meinen Arbeitsplatz immer sehr unordentlich hinterließ. Ich fand das gar nicht und warf ihr nur „Ansichtssache" hin, bevor ich mit erhobenem Haupt abrauschte. Jetzt merkte ich, dass ich mit Kritik nicht umgehen konnte. Es traf mich und machte mich niedergeschlagen. Heimlich hatte ich mir vorgenommen, künftig besser aufzuräumen. Einen Fehler eingestehen konnte ich jedoch nicht. Ich gab meinem vergangenen Ich Reiki und schloss es in meine Arme. Das vertrieb die Niedergeschlagenheit ein wenig. In mein Büchlein schrieb ich:

- **Ich lerne von nun an mit Kritik umzugehen**

und nahm mir vor, künftig anders in ähnlichen Situationen zu reagieren. Ich fand den Satz „Kritik ist schlecht" in mir und dachte darüber nach. So ganz stimmte das nicht, befand ich schließlich. Kritik hatte auch etwas Gutes. Man wurde aufgefordert, über das Verhalten nachzudenken, darüber zu reflektieren. Ich fand heraus das diese Form der Kritik „konstruktive Kritik" genannt wurde. Bei ihr ging es darum aus der Kritik heraus etwas das nicht optimal ist zu verbessern. Damit steckte auch in der Kritik eine Chance. Losgelöst von jeder Wertung gefiel mir Kritik nun sogar.

Mir fiel der Programmsatz ein, der mich hinderte, Kritik annehmen zu können. „Man darf andere nicht verärgern, um gemocht zu werden", was natürlich totaler Unfug war. Das würde bedeuten, sich anzupassen und die Selbstbestimmung aufzugeben. Diesen Programmsatz sollte ich schleunigst löschen. Sicherheitshalber formte ich ihn noch in eine positive Formulierung um. Von nun hieß es:

- **Seine aufrichtige Meinung sagen ist eine liebenswerte Eigenschaft**

Eine Zeit sollte dieser Satz auf mich wirken. Später konnte ich noch mal darüber nachdenken, und vielleicht wurde er dann erneut umgeformt oder auch gelöscht. Alles war möglich.

Ich machte weiter, fing aber in einer anderen Zeit an. Konnte ich mich erinnern, als Kind verletzt worden zu sein? Ich stellte mir mich als Baby vor, nahm das Baby gedanklich auf den Arm und gab ihm Reiki. Es kuschelte sich ein und lächelte im Schlaf. Offensichtlich hatte ich mich als Baby sehr wohl gefühlt. Ähnlich erging es auch dem Kleinkind, das ich so auf Verletzungen prüfte.

Als ich mir jedoch das Schulkind Lisa vorstellte, sah ich es in einer Ecke stehen, die Augen auf den Boden gerichtet, und die Schultern

wie zum Schutz nach vorne gezogen. Es wich zurück, wenn ich näherkommen wollte, und so setzte ich mich erstmal hin und redete beruhigend auf die Kleine ein. Dabei schaltete ich Reiki an und lies Licht und Liebe zu ihm fließen. In den nächsten Tagen und Wochen ging ich immer wieder in meinen Gedanken zu dem Schulkind Lisa. Mit der Zeit wurde sie offener und redete mit mir. Sie fühle sich andersartig, wollte sein wie die anderen und von ihnen akzeptiert werden. Ich erinnerte mich ungern an meine Schulzeit. Stetig war ich bemüht, mich so zu verhalten, dass man mich mochte. Es gelang mir jedoch nie, von allen gemocht zu werden, was ich auch anstellte. Mit der Zeit habe ich so das Wissen verloren, wer ich in Wirklichkeit war. In immer mehr Situationen passte ich mich an. Immer mehr Programmsätze fügte ich hinzu. Lisa ging in all den Bemühungen fast vollständig unter. Es war heilsam, aber auch nicht schmerzfrei, mich mit diesem Teil meiner Vergangenheit zu beschäftigen. Ich war froh, Ansprechpartner zu haben, die selbst schon in der vierten Stufe waren und sehr wohl wussten, was ich gerade durchlitt. Als ich an einem Punkt nicht mehr weiterkam, riet man mir zu einer Seelenrückholung und empfahl mir einen Schamanen aufzusuchen. Ich vereinbarte einen Termin bei Ellen, die selbst auch Schamanin ist.

Mit klopfendem Herzen fuhr ich nach Baden-Baden. Ellen erwartet mich schon und begrüßte mich freudig. „Hallo Lisa, ich freue mich dich zu sehen. Wie kommst du mit den Übungen der zweiten Stufe voran?", wollte sie von mir wissen. „Das Fühlen der Emotionen funktioniert schon ganz gut, doch noch immer kann ich keine Wut

empfinden. Beim Heilen meines Inneren Kindes stockt es in meiner Schulzeit. Dort habe ich mich so angepasst, dass ich mich selbst verloren habe. Daher hoffe ich, dass du mir bei der Seelenrückholung ein paar Energien bringen kannst, die mir helfen, weiter zu kommen", bat ich sie. „Na dann lass uns mal schauen".

Nervös und angespannt folgte ich Ellen in ihren Behandlungsraum. Warme Farben an den Wänden empfingen mich, sanfte Musik war zu hören, und Kerzen gaben dem Raum eine besondere Stimmung. Ich legte mich hin und schloss die Augen, während Ellen meine Energien glättete und sich in mich einfühlte. Ich bemerkte nicht, wie sie in Trance geriet, um auf dieser Reise meinen verlorenen Seelenteilen zu begegnen. Nach einer Weile beugte sie sich über meinen Brustkorb und blies ihren Atem in mich hinein. Das wiederholte sie dann noch auf meinen Kopf. Dann setzte sie sich hin und lächelte mich an. „Ich habe dir ein paar Seelenteile zurückgebracht, heiße sie willkommen" „Das mache ich gerne", entgegnete ich, „erzählst du mir, was du erlebt hast?" „Ich habe dich als Mädchen gesehen. Du kniest vor einem Plattenspieler, auf dem eine Single liegt. Ein Lied läuft immer und immer wieder. Du bist traurig, weil du möchtest, dass die Menschen, die du liebst, glücklich sind. Du bemühst dich, doch sie werden es nicht. So zweifelst du schließlich an dir selbst und beschließt deine Fähigkeit zu lieben tief in dir zu verschließen, denn du glaubst, sie sei ohnehin nicht gut genug." Mir schossen die Tränen in die Augen. Ellen hatte so Recht. Ja diese Situation hatte es wirklich gegeben. Ich war 12 Jahre alt gewesen und fühlte, wie unglücklich die Menschen, die ich liebte, waren. Ihr

Unglück hatte nichts mit mir zu tun, doch ich fühlte mich dafür verantwortlich, sie wieder glücklich zu machen. Ich konnte mich genau an den Tag erinnern, an dem ich beschlossen hatte, dass ich unfähig wäre, überhaupt jemandem sein Glück zu bringen. Ich erzählte Ellen, was ich wusste. „Du hast also eine Fähigkeit von dir begraben, weil du nicht erfolgreich genug warst?" fragte sie mich, und ich nickte unter Tränen. „Dann freue ich mich, dir mitteilen zu können, dass dieser Teil, diese Energie von dir wieder da ist. Sie wollte mit zu dir, denn deine Fähigkeit zu lieben ist eine wunderschöne Gabe. Menschen, die das können, kann es gar nicht genug geben. Heiße deine neue, alte Gabe willkommen Lisa und kümmere dich gut um sie, damit sie von nun an bei dir bleibt". Ich beschloss, meine Fähigkeit zu lieben, nie mehr herzugeben und freute mich sehr darüber, dass sie zu mir zurückgekehrt war.

„Ich habe noch einen weiteren Seelenteil gefunden", sagte Ellen. „Ich sah dich als Erwachsene zusammengekauert am oberen Ende einer Wendeltreppe sitzen. Du weinst und blutest, und eine Welt ist in dir zusammengebrochen. Ein großes Stück deiner Seele ist weggegangen. Neben dir kauert jemand und ist ebenfalls total verwirrt wegen dem gerade Geschehenen. Weißt du, welche Situation ich meine?" Ich musste schlucken. Nur zu gut wusste ich, was sie meinte. Doch ich wollte nicht darüber reden, nicht einmal daran denken! Es war vorbei, nein, es durfte nie geschehen sein. Wie gelähmt lag ich auf der Liege. „Das tat dir sehr weh damals. Ich habe deine Gefühle gefühlt", sagte Ellen liebevoll. „Du gabst dir die Schuld, sagte mir deine Seele." „Die hatte ich auch", brach es aus

mir raus. „Hätte ich nicht rum gezickt und ihm gegeben, was er als Mann brauchte, dann hätte er mich auch nicht geschlagen". Erschrocken schaute ich Ellen an. Sie blieb jedoch ruhig und redete weiter. „Du sagtest gerade du „hattest" die Schuld. Richtig wäre jedoch, du glaubtest, sie zu haben. Denn du hast sie nie gehabt. Deine Seele glaubte, schuld zu sein und kam mit dem Schmerz nicht klar. In Wirklichkeit hast du „Nein" gesagt. Du hast dich getraut „Nein" zu sagen zu etwas, das du nicht wolltest und danach ist etwas Schreckliches geschehen. Er hat dich geschlagen und du hast geblutet." „Ich musste dann ins Krankenhaus und musste über dem Auge genäht werden. Mit vier Stichen, hier siehst du". Ich zog die Brille ab und zeigte Ellen mein linkes Auge, auf dem die Narbe noch immer sichtbar war. Die Erinnerung und der Schmerz von damals kamen wieder hoch. Wie weh das getan hatte. Weniger der körperliche Schmerz als die seelischen Schmerzen, geschlagen worden zu sein, misshandelt und in meiner Person begrenzt worden zu sein. Er war mein Freund gewesen und ich liebte ihn sehr. Mir war damals nicht bewusst, welche Probleme er hatte, und dass er schon lange mehr Alkohol trank als dies normal war. Ich hatte diesen Schlag tatsächlich auf mich bezogen und darauf, dass ich mich ihm verweigert hatte. Von da an habe ich mich nie mehr richtig getraut „Nein" zu sagen und für meine Position einzustehen. Die Kraft dazu fehlte mir. „Jetzt hast du diese Kraft wieder", sagte mir Ellen mit einem Lächeln. „Heiße den Seelenteil willkommen und die damit verbundene Fähigkeit, dich auch zu verweigern, wenn du etwas nicht möchtest." Und wie ich diesen Seelenteil willkommen hieß! Ich freute mich sehr darüber und fühlte mich stär-

ker und vollständiger als jemals zuvor. Dankbar nahm ich Ellen in den Arm. Sie hatte mir geholfen wieder vollständig zu werden.

In den nächsten Tagen spürte ich eine neue Kraft in mir wachsen. Ich konnte die Menschen wiederlieben. Es machte mir sogar Freude, „Nein" zu sagen und so genoss ich es eine Zeit lang, jedem, der anrief und mich zu einer Verabredung einlud, eine Absage zu geben.

Es tat einfach gut, sich dabei nicht mehr schlecht zu fühlen, denn so hatte ich mich seit dem Schlag von damals immer gefühlt. Doch als ich durch meine Absagen auch keine Einladungen mehr erhielt, entschloss ich mich lächelnd, von nun an, nur noch auf mein Gefühl zu hören und die Einladungen anzunehmen, zu denen ich Lust hatte, und die abzulehnen, auf die ich keine Lust hatte.

Das fiel mir ganz leicht und am Tollsten war, man akzeptierte meine Meinung. Ich hatte früher immer befürchtet, in Ungnade zu fallen und dass sich meine Freunde von mir abwenden würden, wenn ich Nein sagen würde. Stattdessen stellte sich heraus, dass sie es toll fanden, von mir zu hören, was mir wirklich Freude machte.

Bei den Übungsabenden steigerten wir uns immer schneller in die Emotionen rein. Das gelang mir mittlerweile prima. Nur bei der Wut haperte es nach wie vor. So ein wenig Unwohlsein konnte ich schon fühlen, aber die richtige, heftige Wut stellte sich weiterhin nicht ein. Frustriert fragte ich David, der mittlerweile in der vierten Stufe war, danach. „Hast du wirklich noch nie Wut erlebt?" schaute er mich ungläubig an. „Ich kann mich wirklich nicht daran erin-

nern", entgegnete ich. „Du hast mir von deiner Seelenrückholung erzählt. Hast du nicht doch ein wenig Wut auf den Typ, dass er dich geschlagen hat?" versuchte er dem Problem näher zu kommen. „Nein, das tat ihm noch in derselben Sekunde sehr leid. So weit ich weiß, ist er dann in eine Psychotherapie gegangen und hat seinen Job gewechselt. Er hat sich vor einigen Jahren sogar umgebracht, wie ich aus der Zeitung erfuhr. Ich weiß aber nicht warum, der Kontakt, auch zu seinem Umfeld, ist völlig abgerissen."

David suchte weiter nach etwas, das mich wütend gemacht haben könnte. „Was war denn der Grund, warum deine Ehe zerbrach?" wollte er von mir wissen. Verlegen schaute ich auf den Boden. „Das war nicht so einfach, weißt du. Das haben wir uns nicht leicht gemacht. Aber es ging nicht mehr." „Warum ging es nicht mehr?" ließ er nicht locker „Mein Ex-Mann fand heraus, dass er schwul ist." „Das hat er einfach nach sieben Jahren Ehe rausgefunden? Das ist doch Unfug, ich bin doch selbst schwul, wie du weißt. Das weiß man schon viel länger", entgegnete David aufgebracht.

„Er hat das wohl geahnt, aber dann auch verdrängt. Er wollte in einer Beziehung leben und normal sein. Das kann ich ja auch verstehen", nahm ich ihn in Schutz. „Er hat sich das nicht leicht gemacht und auch immer alles mit mir besprochen". „Schütz ihn doch nicht", unterbrach mich David abrupt. „Ist ja in Ordnung, wenn das ein schwerer Weg für ihn war, und er ist bestimmt ein toller Mensch, wenn er versuchte, dich nicht zu verletzten. Aber dir wurden die besten Jahre gestohlen! Du bist nun in einem Alter, in

dem es eng wird, wenn du noch Kinder willst. Dadurch, dass er sich nicht entscheiden konnte, hat er dir die besten Jahre deines Lebens gestohlen und vermutlich auch die Möglichkeit, noch problemlos Kinder zu bekommen. Und das macht dich nicht wütend?" konnte David mich nicht verstehen.

„Nein, es macht mich nicht wütend", gab ich kleinlaut zurück. „Bist du sicher?", David ließ nicht locker. „Nun ja, es macht mich nicht wirklich wütend." Da platzte es aus David heraus „verdammt Lisa, natürlich macht es dich wütend, es macht dich sogar super wütend auf den Typ. Du hast so viel Wut in dir lass sie endlich raus!" brüllte er mir entgegen. Mir kamen die Tränen. „Nicht weinen, schrei es raus, sag ihm was du empfindest." Mit den Tränen brach etwas in mir auf. Ja, es stimmte, die besten Jahre waren dahin, irgendwie kamen sie mir in diesem Moment verschwendet vor. In meinem Magen begann es zu kribbeln, dann krampfte er sich. Mein Puls pochte heftig an meinem Hals, und es fühlte sich an, als würde sich etwas in meinem Kopf stauen, und weiter stauen und plötzlich schrie und tobte ich während mir die Tränen die Wangen runter liefen. Der Bann war gebrochen, ich fühlte Wut in mir.

Ich freute mich so sehr darüber, dass die Wut in einen Lachanfall und Freudentränen überging. „Siehst du, ich wusste doch, dass du Wut empfinden kannst", lächelte mich David an. „Ja, kann ich und es tat unglaublich gut. Ich glaube, jetzt kann ich wirklich abschließen und meinen Ex-Mann nun in Frieden ziehen lassen." „Klar, mach das, und wenn er noch in der Nähe wohnt, dann gib mir mal

seine Email-Adresse", zwinkerte mir David zu. Ich musste lachen und der letzte Rest Anspannung wich aus mir.

„Sag mal, weshalb habe ich es jetzt geschafft, die Wut zu fühlen?" fragte ich ihn nach einer Weile nachdenklich. „Ich glaube, du musstest erst die Liebesfähigkeit wiederfinden. Erst als dann auch noch die Nein-Sagen-Blockade gelöst wurde, konnte die Wut wiederkommen. Oft bedingt das eine das andere. Daher macht es auch keinen Sinn, verbissen an einer Sache zu arbeiten. Bisher hast du auch schon viele Programmsätze gelöst, die sicher auch mitspielen." „Ich hatte einen Programmsatz, der lautete „Mädchen müssen lieb sein" David lachte. „Na dann wundert es mich nicht, dass die Wut unterdrückt war. Wütend sein und lieb sein geht eben nur schwer zusammen. Du siehst, es sind oft viele Faktoren, die an einem Vorankommen beteiligt sind. Wir können jedoch darauf vertrauen, dass uns die richtigen Dinge zur rechten Zeit gezeigt werden. Alles was wir dann tun müssen ist, sie auch angehen, und schon geht es weiter."

Ich war David wirklich dankbar für seine Hilfe. Ab der nächsten Stufe half ich auch anderen auf ihrem Weg. Ob ich das so gut wie er könnte? Ich beschloss, mir um Zukünftiges keine Gedanken zu machen. Wenn es so weit wäre, würde ich es schon sehen.

Die Treffen mit den anderen, die den Pfad gingen, waren so schön, dass ich mich immer schon auf das nächste Mal freute. An jedem Abend gab es etwas Besonders. Ich lernte, in Orangensaft eingelegte Gemüsespieße kennen und war begeistert von dem Geschmack.

Grillen entpuppte sich auch fleischlos als unglaublich lecker. Immer mehr Rezepte bereicherten mein Repertoire und ich wurde mit der Zeit recht gut darin, mich gesund und energiereich zu ernähren. Morgens machte ich mir frisches Obst in den Mixer und trank ein großes Glas dieses Vitamincocktails. Mittags gab es reichlich Salate oder Gemüse mit etwas Reis oder Nudeln die natürlich al dente waren, weil sie so langsamer ins Blut gingen und die Bauchspeicheldrüse nicht so stressten. Diese muss immer Insulin ausschütten, wenn Kohlenhydrate gegessen werden. Gibt es viel und plötzlich Kohlenhydrate, weil man beispielsweise Schokolade isst, dann muss die Bauchspeicheldrüse auch ganz schnell Insulin ausschütten. Sie beeilt sich auch, das zu tun. Denn Insulin hilft dem Zucker, in die Zellen zu kommen. Dort ist er ein ganz wichtiger Baustein, ohne den gerade die Gehirnzellen schon nach wenigen Minuten verhungern würden.

Isst man aber leicht zugängliche Kohlenhydrate, wie Schokolade oder weißen Zucker, dann schüttet die Bauchspeicheldrüse durch die Eile zu viel Insulin aus. Der gesamte Zucker im Blut wird so in die Zelle gebracht. Die Messstationen in den Blutgefäßen melden dann, dass kein Zucker mehr im Blut ist. Dass die Zellen aber gerade aufgefüllt wurden, wird nicht gemeldet. So ist es für den Körper ein Alarmzeichen, wenn der Blutzuckerspiegel gesunken ist, und augenblicklich wird die Meldung ans Gehirn weitergeleitet. Das Gehirn sorgt nun dafür, dass rasch wieder Zucker nachgeliefert wird und sucht sich den leichtesten Weg: Es produziert Hunger. Heißhunger um genau zu sein, und der arme Mensch geht schon

wieder an seinen Schrank, um sich das nächste Rippchen Schokolade zu nehmen.

So ähnlich ist es auch mit Nudeln, die man weichkocht. Nimmt man sie jedoch ein oder zwei Minuten vorher raus und schreckt sie ab, dann bleiben sie al dente. In dem Zustand kann der Körper sie nicht so leicht aufnehmen. Daher findet auch die Insulinauschüttung nicht so rasant statt, und die Heißhungerattacken bleiben aus.

Ich fand toll, was ich alles dazu lernte und fühlte mich so vital wie noch nie. Wenn da nicht, ja, wenn da nicht noch meine beiden Laster wären. Ich rauchte noch und der Sport kam auch noch zu kurz. Bei einem der nächsten Treffen kam dies dann zur Sprache. „Hast du denn keine Lust dich zu bewegen?" fragte mich Frank, der wie David in der vierten Stufe war, ungläubig. „Doch schon, aber mir macht nichts so richtig Freude. Ich war schon Joggen, aber dabei tat mir immer das Knie weh, na und so richtig viel Freude machte es mir auch nicht. Beim Fahrrad fahren tut mir mein Po schon nach kurzer Zeit heftig weh, auch das macht mir einfach keine Freude. Inliner fahren ist nicht meins und Walking sieht lächerlich aus", verteidigte ich mich. „Du bist ein schwerer Fall, aber nicht hoffnungslos" lachte er. Hast du es mal mit Schwimmen probiert?" „Nein, habe ich nicht. Allerdings war ich in der Schule in Schwimmen immer recht gut. Ich tauche auch und gehe wirklich gerne in Badeseen." „Dann lass es uns einmal probieren, wir gehen mal schwimmen und du ziehst ein paar Bahnen. Mal sehen wie dir das gefällt", sagte er.

So stand ich also einige Tage später mit einer neuen Chlorbrille am Beckenrand und erfuhr, dass die Schwimmer in einer abgesperrten Bahn immer im Kreis rechts herumschwammen. „Schau mal ob du 60 Bahnen schaffst", lachte mir Frank noch zu, ehe er sich mit einem Kopfsprung ins Becken stürzte und elegant davon kraulte. Auf was hatte ich mich da nur eingelassen? Etwas unbeholfen plumpste ich in das Wasser. Brrr - das war ja kälter als ich dachte. Um es darin aushalten zu können, blieb mir gar nichts anderes übrig als zu schwimmen, und so fing ich an, meine Bahnen zu ziehen.

Bei Bahn 20 war ich völlig aus der Puste und zog hektisch Luft ein, jedes Mal wenn mein Kopf die Wasseroberfläche durchbrach. Mir war nun überhaupt nicht mehr kalt und ich verstand, warum das Becken nicht so hoch geheizt wurde. Es machte mir irgendwie Spass, meine Bahnen zu ziehen. Das Wasser kühlte die Hitze in meinem Körper runter und da Wasser auch alle Energien reinwaschen kann, hatte ich das Gefühl, immer freier zu werden.

Nachdem ich 40 Bahnen geschafft hatte, ging es mit dem Atmen viel leichter und ich machte fröhlich eine Wende nach der nächsten. Stolz schaute ich auf die Uhr, als auch die 60. Bahn geschafft war und konnte kaum glauben, dass nun schon eine Stunde vorbei war. „Das reicht jetzt aber auch", sagte Frank, der just in dem Augenblick angekrault kam. „Mach am Anfang nicht zu viel. Deine Muskeln und Sehnen müssen sich erst an die neue Belastung gewöhnen. Hat es dir denn Spass gemacht?" „Ja und wie", lachte ich ihn begeistert an. „Sieht ja dann so aus, als hättest du deinen Sport gefunden", lachte er verschmitzt.

An dem Abend fühlte ich mich unendlich wohl in meiner Haut. Ich lebte mein Leben glücklicher als jemals zuvor. Ich hatte viele neue Freunde getroffen. Auf meinen Körper achtete ich viel mehr und nun hatte ich auch noch einen Sport gefunden, der mir gefiel, und den ich sogar mit Freunden ausüben konnte. Jetzt sollte es doch nicht mehr so schwer sein, das Rauchen aufzugeben. Warum tat ich das überhaupt? Mittlerweile sicherlich, weil ich nikotinsüchtig war. Doch warum hatte ich angefangen? Damals rauchte jeder, ich wollte einfach „In" sein und dazu gehören. Aber kaum hatte man angefangen, bestimmte die Sucht das Leben. Man stank fürchterlich und hatte immer mit gelben Fingern zu kämpfen. Bewegte man sich, kam man zudem noch leicht aus der Puste. Ein röchelnder Husten war ein ständiger Begleiter der besonders in den Morgenstunden geräuschvoll auf sich aufmerksam machte.

Rauchen konnte ein Genuss sein, doch durch die Sucht übertrieb man es. Ein Stück Schokolade ist ja auch nicht schlimm, aber gleich die ganze Tafel essen schon.

Während ich so dalag, beschloss ich, von nun an keine Zigarette mehr zu rauchen. Seit ich das Reiki Seminar besuchte, habe ich versucht, wirklich jede Zigarette zu genießen, so wie mir das Monique geraten hatte. Doch damit war es ab heute genug. Und so beschloss ich, von nun an Nichtraucherin zu sein.

Die nächsten Tage waren doch etwas schwerer als ich dachte. Jedes Mal, wenn ich das Verlangen nach einer Zigarette verspürte, trank ich ein Glas Wasser. Bis ich das getrunken hatte, war das Ver-

langen dann wieder so klein, dass es mir keine Probleme mehr machte. Drei Mal in der Woche ging ich schwimmen und meine Kondition nahm stetig zu. Schaffte ich anfänglich nur 60 Bahnen in der Stunde, waren es bald schon 100 Bahnen, die ich schwamm. Die Lust auf Zigaretten kam immer seltener, und ich genoss mein neues Leben als gesundheitsbewusste Nichtraucherin in vollen Zügen.

Mit den Übungen der zweiten Stufe kam ich immer besser zurecht. Die Emotionen konnte ich bis auf Wut von einer Sekunde auf die andere wechseln, und ich empfand Liebe für die Menschen.

Es gab jedoch einen Menschen, den ich nicht so recht lieben konnte und der war ich selbst. Daher entschloss ich mich, Monikas Hilfe in Anspruch zu nehmen. Ich fuhr also nach Rastatt und wollte eine Rückführung machen, um die Ursache dafür zu finden.

„Wir machen eine Rückführung mit dir und schauen mal, wo die Blockade liegt. Manchmal ist die Ursache für ein Problem nicht in diesem Leben zu finden", erklärte sie mir „Dann hilft uns die Rückführung und deckt das Problem auf."

Ich legte mich bequem auf ihre Liege und lies mich von ihr führen. Völlig bei Bewusstsein, aber in einem angenehmen Zustand der Ruhe fragte mich Monika Dinge, die während meiner eigenen Schwangerschaft geschahen, während ich also noch im Bauch meiner Mutter war. Erstaunlicherweise hatte ich zu allem eine Ant-

wort. Ich wusste sogar, welche Lebensziele sich meine Seele ausgesucht hatte.

Es fühlte sich in dem Moment der Fragestellung richtig an und, wie ich später im Gespräch mit meiner Mutter herausfand, war es auch richtig, was ich alles sagte. Die Schwangerschaftsrückführung deckt die Probleme in dem Leben besonders gut auf, in meinem Fall jedoch kam es zu einer unerwarteten Wende.

Ich weiß nicht mehr, welche Frage sie mir stellt, als ich plötzlich am ganzen Körper zu zittern anfing und ein innerer Sog meinen Geist aus dem Zimmer zog. Ich fand mich urplötzlich im heißen Sand der Wüste sitzend vor. Meine Füße schmerzten, waren blutig und aufgesprungen. Alles erschien mir sinnlos: „es ist eh alles egal", sagte ich wissend, dass ich nun bald sterben werde. „Was ist davor geschehen", fragte Monika und ich sah mich plötzlich in einer Gruppe australischer Ureinwohner wieder. Sie standen um mich herum und die beiden Ältesten, ein Mann und eine Frau, sagten mir, ich solle nun alleine losziehen. Ich sei noch nicht so weit wie die anderen, mir fehle noch die Liebe zu mir selbst. Ich solle nun losziehen und die Liebe in mir finden.

Ein männlicher Aborigine fragte mich, ob er mitkommen solle, mich beschützen und behüten. Wir lagen öfter nachts zusammen, schliefen auch miteinander, und ich fand ihn ganz nett. Auf die Idee, dass er in mich verliebt sein könnte, kam ich gar nicht. Ich selbst fand mich so unscheinbar, dass mir diese Idee fern war. Die Alten hatten gesagt, ich solle gehen, und so ging ich auch alleine

los. Ich folgte den alten Pfaden und wanderte und wanderte. Unser gemeinsames Ziel war der heilige Berg der Aborigine – Ulu`u, den die Weißen „Ayers Rock" nannten. Dort wollten die anderen eine wichtige Zeremonie machen, und ich sollte dazu stoßen, wenn, ja, wenn ich die Liebe in mir gefunden habe.

So wanderte ich und suchte, fand jedoch gar nichts. Ich irrte umher, meine Füße bekamen Risse von dem heißen Boden und die Haut platzen auf. Doch ich fand keine Liebe in mir. Ich hatte mich längst verirrt, fand nicht mehr genügend zu essen und zu trinken.

Einige Wochen gingen ins Land, als ich plötzlich ein merkwürdiges Gefühl im Bauch hatte. Mein Appetit war sehr groß und ich konnte gar nicht genug zu essen finden. Auch Durst hatte ich mehr als gewöhnlich.

Doch was ich jetzt fühlte war kein Hunger, es war etwas anderes, ein Präsenz, die sich leise und noch sehr schwach meldete. Als die Tage vergingen vernahm ich diese Präsenz immer lauter und stärker.

Ich fühlte unendliche Liebe in meinem Bauch. Diese Liebe wurde von Tag zu Tag stärker und stärker. Da begriff ich endlich, dass ich schwanger war und eine Tochter unter dem Herzen trug.

Da geschah es. Unglaublich starke und tiefe Liebe kam auf und erfüllte mich. Wie lodernde Flammen brannte sie in mir ohne mir auch nur den geringsten Schaden zuzufügen. Ich liebte meine

Tochter, liebte meinen Bauch und endlich, endlich liebte ich auch mich!

Ich hatte die Liebe zu mir gefunden.

Ich setzte mich hin und versank völlig in der Zwiesprache mit dem Wesen in mir, das mir die Liebe gebracht hatte. Nun wusste ich auch, welche Zeremonie die anderen machten. Sie zogen zum Ayers Rock, um aufzusteigen und hatten dies auch schon getan. Es war jetzt auch egal, ob wir starben, in einem nächsten Leben würde ich die Liebe früher finden und dann auch bereit sein, weiter zu gehen. Es war unwichtig, was nun geschah. Ich hatte die Liebe gefunden.

Endlich verstand ich auch, wer dieser Mann war, der mich so sehr liebte, dass er noch immer vor dem Ayers Rock stand und nach mir Ausschau hielt. Er hatte seinen Aufstieg aufgeschoben, um mir zu helfen. Ich wusste auch, wer er nun war, in dem jetzigen Leben. Es war Frank, der mich zum Schwimmen brachte. Ich trug sein Kind in diesem Leben unter meinem Herzen, als ich starb. Nun verstand ich alles, sah alles klar. Ich weinte vor Glück und Dankbarkeit und auch um Frank und seine Liebe, die ich damals nicht verstanden hatte.

„Es ist alles für etwas gut", sagte Monika. „Vielleicht habt ihr euch jetzt wieder getroffen, weil ihr euch bei eurer weiteren Entwicklung helfen könnt. Meinst du denn, du kannst dich nun lieben?" Ein

196

unglaubliches Gefühl der Liebe stieg sofort in mir auf. Oh ja, ich war ganz sicher nun in der Lage, mich zu lieben. Ich lächelte Monika zu.

Endlich verstand ich. Die Liebe hatte ich im letzten Leben zu spät gefunden. In diesem Leben hatte ich sie als Jugendliche enttäuscht abgegeben, weil sie mir nicht stark genug erschien. Doch nun waren all diese Fähigkeiten in mir erwacht. Ich fühlte mich ganz und in mir.

Nach dem nächsten Schwimmen erzählte ich Frank von meiner Rückführung bei Monika. Er lächelte mich an. „Ich weiß es, auch ich habe es gesehen und weiß auch, warum ich damals beim Ayers Rock geblieben bin und auf dich wartete. Damals war ich noch nicht bereit loszulassen und zu akzeptieren, wenn jemand einen schwierigeren Weg wählt. Aber auch ich lerne dazu und bin sehr gespannt, wie es weitergehen wird." Ich empfand sehr viel freundschaftliche Liebe für ihn. Doch obwohl wir beide Singles waren, hatten wir kein Bedürfnis nach einer Beziehung miteinander. Das war das Thema eines anderen Lebens bei uns gewesen. In diesem Leben verband uns Freundschaft und tiefes Verständnis. Und so wünsche ich ihm noch heute Glück und Zufriedenheit auf seinem Weg, er wird immer einen besonderen Platz in meinem Herzen haben.

Noch ein Programmsatz löste sich in Wohlgefallen auf: „Männer und Frauen können keine Freunde sein". Wann immer ich Frank heute anschaue, weiß ich, dass sie es können.

Von nun an bewältigte ich mühelos die Aufgaben der zweiten Stufe und erkannte, warum wir die Emotionsübungen gemacht hatten. Sie dienten dazu Blockaden zu lösen und uns vor Augen zu führen, dass wir nicht in Emotionen verharren müssen. Auch waren nur noch sehr wenige Programmsätze übriggeblieben. Als ich dies David mitteilte, lächelte er und sagte: „Nun bist du bereit für die nächste Stufe"

13. Tun wird zum Nicht - Tun

Die dritte Stufe des Pfades ins Licht nahm die meiste Zeit für mich in Anspruch. Aber es war eine schöne Zeit. Die neu gewonnene Liebe zu mir wuchs und mit ihr wuchs auch die Liebe die ich für andere Menschen empfand. Ich wurde ausgeglichener und freier.

Mit den Übungen der Meditation tat ich mich anfänglich sehr schwer. Ich konnte keine drei Minuten stillsitzen, von In-Mich-Fühlen ganz zu schweigen.

Damals wurde mir langweilig, wenn ich nichts tat. Ich kam mir unnütz vor. Nun weiß ich, das liegt auch daran, dass man im permanenten Stress des Lebens stetig Stresshormone wie Cortisol und Adrenalin produziert. Setzt man sich dann entspannt hin, werden sie dennoch weiter produziert und verhindern eine wirkliche Entspannung. Fährt man nun in den Urlaub, fühlt man sich getrieben, ständig etwas zu tun, denn kaum sitzt man, wirken die antreibenden Hormone, und so hält es einen nicht auf dem Stuhl. Es dauert drei Tage, bis der Körper seine Hormonproduktion wieder hinunterschraubt. Bis zu einer Woche Unruhe sind daher möglich, doch danach kommt die Ruhe.

Mit dem Üben der Meditation ist es so ähnlich. Am Anfang geht kaum etwas. Doch übt man beharrlich weiter, dann stellt sich die Ruhe irgendwann ein. Die Gedanken werden langsamer. Das alleine ist schon ein schönes Gefühl. Es ist, wie nach einem erfrischen-

den Nachmittagsschlaf. Voller Tatendrang und angenehm ausgeglichen geht man schon aus einer kurzen Meditation hervor.

Dabei gibt es ganz unterschiedliche Arten der Meditation. Die bekannteste ist wohl das stille Sitzen mit gekreuzten Beinen und geradem Rücken. Aber das ist nur eine von sehr vielen Methoden.

Anfänglich lernte ich erstmal, dass was ich tue, ausschließlich zu machen. Ich sollte mich, wenn ich beispielsweise fegte, nur auf das Fegen konzentrieren. Das klingt einfach, fiel mir jedoch unsagbar schwer. Erstaunlich, welche Gedanken einem beim Fegen kommen, wenn man nur einmal bereit ist, diese wahrzunehmen. „Morgen musst du Karin anrufen", „Schreib noch Duschgel auf den Einkaufzettel" und „puh ist das heiß heute" sind da nur einige Beispiele von Gedanken, die im Bruchteil von Sekunden im Gehirn produziert werden. Einer nach dem anderen, unablässig.

Es braucht Zeit und ein paar kleine Tricks, diese zur Ruhe zu bekommen. Natürlich habe ich es anfänglich mit „schweigt ihr Gedanken, ich fege nun" probiert, aber das war sinnlos. Gedanken lassen sich nicht so ohne weiteres zur Seite schieben. Erst als ich achtsam zuhörte, was sie mir sagen wollten, als ich bereit war, sie wahrzunehmen und sie ernst nahm, veränderte sich etwas. Ich habe mir in dieser Zeit angewöhnt, immer einen kleinen Block und einen Stift dabei zu haben. Wenn mir nun Gedanken kommen, notiere ich sie in dem Büchlein. Damit sind sie nicht verschwunden,

sondern aufgehoben. Nun kann ich sie bitten, meinen Kopf frei zu geben.

Ich lernte auch, dass ich regelmäßig meinen Gedanken zuhören muss, damit sie sich nicht mehr so stauen, wie sie am Anfang meiner Meditationspraxis gestaut waren. Damals dauerte es Wochen, in denen ein verdrängter Gedanke nach dem anderen an die Oberfläche kam. Ich kam mit dem Aufschreiben und Ansehen gar nicht mehr hinterher. Doch mit der Zeit beruhigte es sich, und ich fand ein Mittelmaß zwischen Leben in Aktion und Aufregung und Verarbeitung der Eindrücke in aller Ruhe.

Meditation hieß für mich anfänglich daher, nicht stilles Sitzen, sondern bewusstes Sein. Als ich das erste Mal fegte und dabei nur fegte, ohne an etwas anderes zu denken als an das Fegen, verstand ich, was es bedeutet, im Jetzt, in diesem Augenblick zu leben. In diesem kurzen Augenblick war ich gegenwärtig.

Von nun an übte ich mich darin, Mantren zu rezitieren bis die Gedanken zur Ruhe kommen. Eine Mala, eine Indische Gebetskette mit genau 108 Perlen, half mir dabei. Mantren sind kleine Gebete die Buddhisten beispielsweise von ihren Lehrer erhalten. Durch das Rezitieren werden bestimmte Energien angesprochen. Sie genau 108 mal zu sagen, ist eine schöne Übung, die besonders kraftvoll ist.
Ich selbst sang auch gerne Mantren von Deva Premal & Miten beispielsweise. All das brachte mich dazu bereit zu sein für eine tiefe

Meditation im Sitzen. Es ist dabei wichtig, den Oberkörper aufrecht zu halten, gerne kann man sich anlehnen, doch der aufrechte Sitz liefert eine gänzlich andere Meditationsqualität als das hierzulande weit verbreitete Liegen.

Meditation ist ähnlich dem Zustand, den man ganz kurz vor dem Einschlafen oder dem Aufwachen hat. Das Bewusstsein ist in Ruhe, man ist da und doch nimmt man um sich herum nichts wirklich wahr. Macht man das im Liegen, ist es möglich, dass man einschläft. Das ist natürlich nicht schlimm, aber es bringt dann auch nichts außer dem Schlaf.

Sitzt man hingegen mit aufrechtem Rücken, ist die Tiefe der Meditation abgekoppelt von dem Gefühl des Schlafens, das wir natürlich alle kennen. So lernt der Geist, wann er schlafen soll und wann er meditieren soll. Irgendwann braucht man sich nur noch hinzusetzen, und der Zustand der Meditation stellt sich wie von selbst ein.

Der aufrechte Rücken soll auch die Verbindung zwischen Himmel und Erde durch die Achse der Hauptchakren stärken und auch daher ist diese Sitzposition sinnvoll einzuüben. Mit der Zeit lernt man, dass es nichts ausmacht, wenn ein Bein dabei einschläft, man lernt dieses nicht mehr zu werten. Es IST dann einfach so in diesem Augenblick, im Jetzt.

Meditation führte mich zu dem Zustand des beruhigten Geistes. Ich hatte mir angewöhnt, immer auf die Uhr zu sehen, wenn ich starte und wieder aufhöre. So wollte ich ein Gefühl für die Dauer meiner Meditation erhalten. Wann immer ich Zeit habe, meditiere

ich nun. Nicht nur im Meditationssitz, sondern auch wenn ich auf jemanden warten muss beispielsweise. Das geht dann auch mal im Stehen. Ich wache morgens häufig vor dem Wecker auf und meditiere dann in den Sonnenaufgang hinein. Die Sonne geht so auf, dass sie mir genau in mein Schlafzimmer scheint, und so erlebe ich fast jeden Morgen eine herrliche Morgenmeditation. Abends setze ich mich ebenfalls häufig hin, mache eine Mantrameditation mithilfe meines Malas, um dann in die Stille des Seins zu gehen.

Ich habe nichts erwartet, es tat mir einfach gut, die Gedanken zur Ruhe kommen zu lassen. Ganz ruhig waren sie dabei zwar nie, aber einfach wesentlich ruhiger, und das war sehr schön.

Eines Tages ist es dann geschehen. Ich erlebte eine Meditation die fast drei Stunden dauerte und hatte kein Gefühl mehr, wie lange ich dasaß. Ich WAR nur noch. Die Gedanken waren ruhig und endlich fand ich das wahre Sein und ich begriff. Erst in der Stille sind die leisen Töne der Wahrhaftigkeit zu hören. Erst, wenn der Lärm des täglichen Seins, der Lärm des Stresses und der Lärm des ewig aufbegehrenden Egos verstummen, dann findet man das wahre Sein. Dort befinden sich die leisen Töne, dort ist der Urton des Lebens. Ich war stundenlang dort, ohne noch ein Gefühl von Zeit zu haben. Als ich wieder zu mir kam und mein Inneres sanft wieder mit dem Äußeren verschmolzen war, hatte ich verstanden. Dankbarkeit und Freude erfüllte mich in ungeahntem Maße. Ich hatte mich, hatte die Wahrheit des Seins gefunden.

Seither hat sich vieles verändert, denn ich habe mich verändert. Natürlich lebe ich noch in dieser Welt und ich genieße alles was das Leben mit sich bringt, in vollen Zügen. Doch ich weiß, dass ich nicht nur dieser Körper bin. Ich habe erfahren, was ich im tiefsten Innern bin, fand es in der Meditation. Nun verstehe ich, warum in jeder Religion und in jeder spirituellen Entwicklung die Meditation eine entscheidende Rolle spielt. Sie ist ein wunderbares Mittel sich zu finden, das wahre Sein, das hinter dem Schein liegt.

Seither gehe ich meinen Weg bewusst weiter und nehme an, was er mir zu bieten hat. Die Welt ist ein Spielfeld für mich, auf dem ich lernen und verstehen kann. Doch ich nehme mir auch immer die Zeit, in mich zu gehen, die Gedanken zur Ruhe kommen zu lassen und durch die Meditation Kontakt mit dem wahren Sein aufzunehmen. Tue ich das nicht in einer gewissen Regelmäßigkeit, verblasst dieses Gefühl auffallend schnell in mir, und ich drifte wieder ab in die Hektik des Lebens. Dann beginne ich wieder zu glauben ich sei, was mein Ego mir zu sein vorspielt. Mein wundervolles Ego, Begleiter und Helfer. Doch es ist nur die Anleitung, nicht das Stück, das es zu sein glaubt.
In der vierten Stufe des Pfades ins Licht wurde mir dieses klar.

Ich werde weiter gehen, folge dem Pfad zu mir selbst, dem Pfad in mein Licht.

14. Rückblick

Viele Jahre sind seit dem Anfang der Geschichte vergangen. Ich habe alle Stufen zum Pfad ins Licht gemacht und Licht in alle Teile von mir gebracht. Mein Leben, meine Einstellung zu vielen Dingen hat sich zum Positiven verändert. Gelassen und ruhig nehme ich an, was geschieht. Die Frau, die einst traurig auf ihren Umzugskisten saß, existiert nicht mehr. Sie hat einer Frau Platz gemacht, die selbstbewusst und liebevoll durchs Leben schreitet. Die sich und andere gleichermaßen liebt und achtet. Das Glück und die Zufriedenheit, die auf dieser Erkenntnis folgten, sind mit nichts zu vergleichen.

Manches Mal war der Weg steinig, doch Aufgeben wollte ich nie. Da, wo ich jetzt bin, habe ich begriffen, dass der Pfad zum Licht über die Erkenntnis von sich selbst geht. Wer man ist, zu was man fähig ist und wofür man seine Fähigkeiten einsetzt, sind wichtige Etappen auf dem Pfad.

Die Erleuchtung, die viele im Außen suchen, lässt sich nur im Inneren finden, in jedem Einzelnen selbst.

Erleuchtung ist der Moment, in dem Licht in Stellen fließt, die bislang dunkel waren. So kann es auf dem Weg viele Momente geben, in denen eine vormals dunkle Stelle mit Licht geflutet wird und man so eine Erleuchtung erhält. Das sind wunderschöne Momente,

magisch und verzaubernd. Sie ändern Dinge grundlegend, von da
ab ist man nicht mehr wie man vorher war.

Wo kein Licht ist, können Ängste entstehen. Beleuchtet man sie,
erhellt man sie, so lösen sie sich auf.

Der Pfad ins Licht ist daher der Weg, der alle Teile in uns erhellt,
erleuchtet und damit durch viele kleine Erleuchtungen zum licht-
vollen Leben führt.

Als ich auch die Stelle in mir erhellte, die glaubte, unwert zu sein,
geschah etwas Wunderbares. Ich lernte Jürgen kennen. Er erkannte sofort meine inneren Werte und wir verliebten uns ineinander.
Die Beziehung, die wir führen, ist so anders als alle, die ich vorher
hatte. Ich liebe mich nun selbst und kann auch ohne seine Liebe
existieren. Dadurch ist die Beziehung für mich nicht mehr Ret-
tungsanker, ohne den ich nicht sein könnte, sie ist vielmehr eine
Ergänzung, ein Geschenk, das ich jeden Tag aufs Neue schätze, liebe und achte.

Wir sind uns beide bewusst, dass die Dinge, die uns im Außen stören, nur eine Reflektion unserer eigenen Problematiken sind. Daher sind Missgunst, Eifersucht und Machtspiele nichts mehr, was
es in unserer Beziehung gibt. Vielmehr leben wir eine echte Part-
nerschaft. Die Liebe füreinander und für uns selbst bringt uns dazu,
offen Dinge anzusprechen und Lösungen zu finden. Verliebtheit
ändert sich mit der Zeit, Achtung und Liebe bleiben.

Wir stehen an der Schwelle einer neuen Zeit. Aus der machtbesessenen Egogesellschaft wird eine Gesellschaft, die einen liebevollen Umgang miteinander pflegt. Eine Gesellschaft, in der jeder Mensch sein Licht findet und von da ab seinem Inneren Ruf folgt. Es wird noch einige Generationen dauern, bis es so weit ist, doch der Samen ist gesetzt. Künftig werden wir unseren Kindern schon in den Schulen zeigen, wie sie ihr Licht zum Leuchten bringen können. In den Schulen der Zukunft wird dies ein Bestandteil des Unterrichts sein.

Jeden Morgen, wenn ich aufwache, danke ich dafür, dass ich diesen Weg gehen durfte. Das Schmerzliche gehörte genauso dazu, wie das Schöne. Schmerzliches animierte mich schnell, etwas zu ändern, und aus dem Schönen zog ich die Kraft für die Veränderung.

Das Leben lernte ich als Spiel zu verstehen. Genauso unbeschwert wie ein Kind sein Spiel spielen kann, so lebe ich mein Leben. Es zu leben ist das Ziel. Ob es leicht oder schwer ist, kann sich jeder zu jeder Zeit selbst raussuchen.

Ich bin froh, noch viel Leben vor mir zu haben und freue mich auf das, was es mir noch bringt.

Lisas
Pfad Licht
ins

15. Epilog

Der Roman ist teilweise frei erfunden, basiert jedoch auf Dingen, die ich so erlebt habe oder die mir so von Bekannten oder auch Patienten berichtet wurden. Ich habe wirklich eine Freundin namens Katja, die mir schon oft geholfen hat, wenn ich meinte am Boden zu liegen.

Ich habe wirklich Reiki gelernt, habe es auch eine Zeitlang praktiziert. Doch ich habe mich verändert, weiterentwickelt und Reiki ist nicht mehr Teil meines Lebens. Vielmehr bin ich mit dem was ich in meiner Praxis tue, den Patienten die ich auf ihrem Weg zur Gesundheit unterstütze vollkommen zufrieden. Ich habe mir die Welt der Esoteriker angesehen um sie zu verstehen, doch selbst zähle ich mich nicht dazu. Ich lebe in dieser Welt, genieße jeden Tag, aber ich sehne mich nicht danach endlich „weiter gehen zu können" wie viele die mir begegneten das herbeisehnen was sie nach dem Tod zu erleben glauben. Ich lebe lieber das Jetzt, diesen Augenblick, was morgen geschieht werde ich morgen wissen.

Lisas
Pfad
ins Licht

Affirmationen in Lisas Büchlein

2. Daya

- Ich übernehme Verantwortung für mein Leben
- Ich denke positiv

3. Das Reiki Seminar

- Gerade heute lasse ich allen Ärger los
- Wenn ich rauche dann mit Genuss!
- Gerade heute lasse alle Sorgen los
- Gerade heute sei dankbar
- Gerade heute erfüllen mich meine Aufgaben
- Ich achte auf gute Gefühle beim Bügeln, indem ich mir eine Hör-CD einlege
- Gerade heute liebe und achte ich alle Wesen
- Ich liebe mich genauso wie ich jeden anderen liebe
- Ich achte darauf was ich wirklich will

6. Das Seminar beginnt

- Ich richte meine Aufmerksamkeit auf Dinge, die gut für mich sind

8. Die Ernährung

- Heute ist ein wunderschöner Tag und ich genieße ihn glücklich

10. Veränderung

- Das Leben macht mir Freude

12. Die Heilung des inneren Kindes

- Ich lerne von nun an mit Kritik umzugehen
- Seine aufrichtige Meinung sagen ist eine liebenswerte Eigenschaft

Danke

an das Leben und alle Menschen die mich darin begleitet haben, die mir begegnet sind und die einen Austausch jeder erdenklichen Art mit mir hatten, wissentlich oder unwissentlich. Alle trugen dazu bei, zu entwickeln, wer und was ich bin. Der Weg geht weiter. Habt Dank für die Anregungen, den Halt, die Freundlichkeit und den Respekt, den du mir entgegengebracht hast und ohne den ich nicht erkannt hätte.

Mum, du bist wunderbar. Ohne deine Liebe, deine Art, auch deine Schwierigkeiten im Leben zu meistern, hätte ich vieles selbst erfahren müssen. So durfte ich auch aus deinen Erfahrungen lernen. Es ist nie zu spät und du hast es noch geschafft. Ich liebe dich wo auch immer du nun sein mögest.

Paps, du hast mich mehr gelehrt, als dir bewusst ist. Mit Augen und Ohren habe ich aufgesogen wie du bist. Deine Erfahrungen und das, was du dadurch wirklich fühltest, haben mich mehr gelehrt als jedes Gespräch, das wir je hatten. Man gibt mehr weiter als Gene.

Kai, deine Liebe ist immer da und trägt mich. Es könnte keinen besseren Bruder geben! A toi et à Ulla, merci de m'avoir offert ces deux petits anges, qui m'apportent tant de joie dans la vie.

Maximilian, **Franziska**, **Melissa** und **Sophie** es ist wundervoll Tante sein zu dürfen. Ich kann meine Liebe zu euch nicht mit Worten ausdrücken, sie ist größer als von hier bis zum Mond und zurück.

Edith, du hast mir Halt gegeben, wenn der Halt fehlte; Liebe, wo meine nicht reichte. Nun bist du der Engel, der du in dem Leben aller die dich kannten schon immer warst. Du bist nicht nur in meinem Herzen lebendig.

Christian, du warst immer da. Tatkräftig und mit Lösungen die so stabil sind, dass sie heute noch halten. Du bist nun bei Edith und lächelst auf uns runter. Möge es auch dort genug zum schrauben geben für dich.

Trixi, Frank, Ina und Paps was hätte ich nur getan, wenn ihr nicht in mühevoller Kleinarbeit all die Rechtschreib- und Tippfehler korrigiert hättet, und wirklich, es gab viele davon!

Shroyers thank you for being also my family and friends through the time. You where there when I needed you the most with your protective warmness and understanding. You prove that understanding through cultures, believes and backgrounds are no longer myths.

Oliver, Partner, Lebensbegleiter, Freund, Mann, Beschützer, Kritiker, Koch, Dive-Body, Wanderpartner, Sozius, Organisator, Coach für so vieles, Ruhepol und geliebter Mensch. Die Zeit die wir gehen ist erfüllt auf Bergen und in Tälern, bei Regen und in Sonnenschein. Ich liebe dich.

Lisas Pfad ins Licht

216

Evelyn Wurster,

arbeitet seit 1997 als Heilpraktikerin in Esslingen am Neckar.

Sie unterrichtete lange angehende Heilpraktiker, schreibt Fachartikel und bildet Kollegen in ihrem Spezialgebiet den Darmerkrankungen weiter. Sie hat mehrerer Fachbücher in der Reihe „Wissen für Therapeuten" geschrieben.

Seit vielen Jahren hilft sie Menschen in ihrer Praxis zur Gesundheit auf körperlicher, seelischer und geistiger Ebene. Sie ging selbst den Weg durch Krankheiten und Traumata heraus zur Gesundheit und Zufriedenheit. Da ihr in der Zeit Romane am besten halfen, vor allem wenn Sie sich mit der Romanfigur identifizieren konnte, entschloss sie sich ihr aus Erfahrung entstandenes Wissen selbst in Buchform weiter zu geben.

Naturheilpraxis Evelyn Wurster
Heilpraktikerin
Marienstrasse 5
73734 Esslingen
www.naturheilpraxis-wurster.de

Lisas
Pfad *Licht*
ins

Weitere Bücher von Evelyn Wurster

Aus der Reihe „Wissen für Therapeuten" sind erschienen

Moderne Darmtherapie
Evelyn Wurster
BoD 2018
ISBN 9783748173960

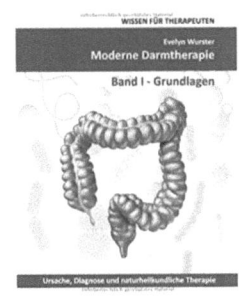

Nebennierenschwäche
Evelyn Wurster
BoD 2017
ISBN 9783741211669

Als Ratgeber für Patienten ist bisher erschienen:

STRESS lass nach!
Was tun bei Nebennierenschwäche?
Ratgeber für Betroffene
H.Nobis und E.Wurster, BoD 2018
ISBN 9783752887013

Lisas Pfad ins Licht